尋找精神家園

阿瀅・著

一個書蠹與書的對話

一部愛書人心靈歷程的眞實記錄

認識大陸作家系列

陳子善序

在北京返回上海的火車上，我饒有興味的讀完了阿瀅的《尋找精神家園》。我以為，與其說這是一部記事、寫人、抒情和議論並重的散文集，不如說是一個愛書人心靈歷程的真實記錄更為恰當。

不能說與阿瀅神交已久，但自收到阿瀅主編的《泰山週刊》起，我就喜歡上了這份頗具特色的刊物。我在它上面經常與我熟識或還未謀面的文友「見面」，經常讀到深入淺出、言之有物卻又往往不為「學院派」所重視的好文章，尤其是該刊的「泰山書院」專版，因為與我所從事的專業直接有關，更引起我的興趣。我想，《泰山週刊》雖然定位在讀書隨筆類刊物，但只要持之以恆，不斷開拓，它的學術價值和文化意義是會逐步顯示出來的。我這樣說，自然需要一個前提，那就是不對「學術」做狹隘的界定、片面的理解。

阿瀅的文字生涯是與他的愛書生涯相伴隨的。作家大致可以分成兩類，一類是自己寫書卻不藏書，被譽為「文化崑崙」的錢鍾書先生就是一個範例；另一類是自己寫書，也藏書，這方面的例子已舉不勝舉。阿瀅屬於後一類，他搜書、藏書、讀書，同時也評書、寫書，而今又要出版這部新的《尋找精神家園》了。他對書的興致之高，用情之深，很出乎我的意料，儘管我自己也算對書浸淫日久，情有獨鍾。

阿瀅到處留情。請不要誤會，這「情」並非兩性之情，而是書之情，對書的愛情。對於異性，阿瀅其實也懂得欣賞，懂得憐香惜玉，《尋找精神家園》中不是有他回憶初戀的篇章嗎？十分感人。阿瀅到了海南，在「天涯海角」到處尋找舊書店，失望之餘偶然買到了《書屋》，還是「備感親切」。他「每每流連於舊書攤，一旦發現一本好書，就像淘金者見到了金粒一般，唯恐讓別人買去，也不講價錢，趕緊掏錢買下，回到家中擦去灰塵、撫平皺折、修補傷痕，然後展卷細讀，那種興奮、滿足的心情是難以言表的。」相同的境遇、類似的感受，我想每個愛書人都曾經歷過，卻未必能貼切的訴諸筆墨，然而，阿瀅做到了。

因此，阿瀅這部散文集的第三輯「書香人生」格外吸引我，引起我的共鳴。〈六月書事〉、〈書林漫筆〉等篇尤為精彩。前者是他二〇〇五年淘書日記的摘編，淘書的趣事、幸事、樂事、憾事均記錄無遺；後者是他的讀書札記，讀到怦然會心處的擊節讚賞、讀到不以為然處的直言無忌，均如實寫出。只是阿瀅說「李敖是偉大的」，我不敢苟同。如果說當年的李敖還值得肯定，今日的李敖就實在難以恭維了。當然，阿瀅寫愛書人的篇什，如〈品茗夜讀龔明德〉、〈劉運峰和《書林獨語》〉、〈初識自牧〉等篇也為我所愛讀。阿瀅愛書，對個性鮮明的愛書人也就特別留意、特別看重，化為文字，就是這組維妙維肖的愛書人群像。

阿瀅是坦率的、真誠的、可愛的，他不諳世故、不善偽裝，不會掩飾什麼、不會誇大其詞。他生活在他自己的書的天地裏，美的世界裏。這樣的人，我以為是難得的，是可以成為真朋友的，尤其是今天這個人欲横流的時代。

我比阿瀅癡長幾歲，承他不棄，要我為他這部新著寫幾句話，無論於公於私，都義不容辭。阿瀅今後的路還很長，隨著年歲的增長、人生閱歷的豐富、文筆的日臻純熟，阿瀅一定能寫出更多思想犀利、文情並茂的佳作，我期待著。

二〇〇五年十一月於海上梅川書舍

目次

秋聲夜話

書香人生

人生履痕

那泉・那村・那人

古時新泰多泉，以泉為名的村莊就有幾十個，名泉三十六，其中之冠為瑞珠泉，瑞珠泉又稱泉裏泉、珍珠泉。泉水從沙際而出，忽聚忽散，忽斷忽續，似串串珍珠，固有「古泉連珠」之稱。明初大移民，有郭氏族人攜家帶口遷徙至此，見此泉汩汩不竭，累累如貫珠，泉邊林木交蔭，與水光相掩映，實乃天然之景。遂安家於此，刀耕火種，繁衍生息，定村名郭家泉。明代縣令李上林在泉旁建亭，以供遊人觀泉休息。清乾隆四十八年，新泰知縣江乾達續修《新泰縣誌》時，把「古泉連珠」定為新泰八景之一，文人墨客詩詞歌之賦之詠之嘆之者不乏其人。

村北有一條河，名曰小汶河。河流流向大都是自西向東，而此河卻固執地向西流去。到大汶口與汶河交匯，流向東平湖。

河兩岸是春秋戰國時期的古戰場，村民們從河岸取土時，刨出過不少劍、槍、戟、戈。二十世紀八十年代初，山東大學考古系的師生曾在此發掘了四十多座古墓，這些墓穴大小不一，墓穴中的屍骨有的已風化無存，有的殘留骨骼，出土了大量的鬲、盆、罐和箭鏃、銅舟等文物。

有兩件事使這個古老的村受到了世人的廣泛關注。一次是一九五八年「大躍進」，郭家泉是全縣的煉鋼基地，大喇叭裏高呼著「上至九十九，下到剛會走」的口號，把男女老幼都發動起來，集中到了郭家泉，毀掉了正在生長的莊稼，佔用土地數百畝，壘起了無數個「一腳蹬」煉鋼爐，老百姓家凡是鐵製的東西都被收集起來，送到煉鋼廠，農民都吃了食堂，家裏做飯的鐵鍋被揭走了，連鐵製的門鼻子都被拔了出來。農民們恍惚間都成了冶鐵工人，土製的煉鋼爐前，歇人不歇馬，輪流作業，日夜不息，白天濃煙蔽日，晚上火光沖天，那趕英超美，成為世界第一鋼鐵大國的氣勢和雄心令人感嘆。麥子成熟了，沒人顧得上收割，玉米沒人去掰，地瓜凍在地裏，花生在地裏生了芽。農民心疼但誰也不敢因收莊稼而影響大煉鋼鐵。村中有一古楊樹，樹圍四人合抱，高三十餘米。樹幹雖枯，仍枝繁葉茂，眾鳥棲息。為了教育後人保護這棵古樹，老人們經常向孩子們講述一個古老的傳說，古時有人想殺古樹，剛砍一刀，樹身就有血流出……聽了令人生畏，村人把古樹供奉起來。但在那個瘋狂的年代，被村人奉為神靈的古樹還是沒有逃過劫難，被砍伐後進了煉鋼的爐膛。等中國人從鋼鐵夢中醒來時，那些本來很好的鐵產品已都煉成了廢鐵石，中國人美好的夢想登時被製成殘缺不全的標本，堆放得到處都是。

時隔二十年，縣領導又調集農民到郭家泉村南的團山嶺搞大會戰，整修大寨田。村裏住進了數千民工，家家戶戶都塞得滿滿的，熱鬧得像集市。團山嶺上的大寨田成了樣板，聽說李先念副主席和陳永貴副總理要來團山嶺視察，工程指揮部在團山嶺突擊修建了一處高標準的接待站，省領導怕首長知道會生氣，就用篷布蓋住，周圍又用葦席圍了一圈兒，把接待站藏了起來。那天，李先念、陳永貴帶領國家七部委和二十一個省市自治區的負責人視察了團山嶺工地。公路上民兵全副武裝，三步一崗，五步一哨，戒備森嚴。據說，陳永貴走後，他坐過的一塊石頭，讓一位農民抱回家珍藏起來……

村裏有個老書記，一提起他就很容易讓人聯想到焦峪祿，親切、自然、樸實，就像自己家裏的一位大哥，一次突發的事故使他在人們心中的形象更加高大。村南嶺地勢高，莊稼只能靠天關照，雨水少了顆粒不收。經過多年的籌備，老書記決定帶領村民修一條大型水渠，把水引到南嶺。這是一項大工程，他帶領村民沒白沒黑苦戰幾個月，建起的高九米，由三十多個弧鏇組成的水渠即將竣工時，卻突然倒塌了。工地上哭聲一片，老書記欲哭無淚，受傷民工被迅速送往醫院，急需血漿，老書記站在拖拉機上振臂一呼：「共產黨員跟我來！」兩個拖拉機上立時就擠滿了人，有黨員，也有群眾，那場面只有在電影裏見過，讓人終生難忘。在事故中有四位民工獻出了生命，村裏給這四位民工最高的榮譽，遺屬享受烈屬待遇。

老書記沒有被突發的災難壓垮，他深深懂得水是農業的命脈，他拖著疲憊的身軀組織人力物力，在廢墟上重建了水渠。這是他一生中做成的最大的一件事。

水渠成了這個村的標誌性建築，人們習慣地稱之為「大碹」。人們對它有了感情，別人問郭家泉在什麼地方，這個村的人會自豪地說，蒙館路上有大碹的村。問家在哪裏，回答，大碹的東邊。大碹成了人們生活中不可或缺，甚至是人們生命中的一部分，成了人的精神依託。現在，這個讓村民引以為豪的建築，已被村裏列入了拆除的計劃，因為那曾哺育了兩岸人民的小汶河，已成了沿岸煤礦和化工企業的排污河道，散發著異味的有毒黑水已不能灌溉農田。年久失修的水渠橫跨交通要道——蒙館公路，並緊鄰學校、農舍，已對人們的生命財產構成威脅。每當新生事物出現的時候，都會對社會的文明進步做出積極的貢獻。但當它完成了自己的歷史使命時，就要及時退出歷史舞臺，否則會阻礙社會的發展和進步。隨著拆除大碹號令的下達，被人們賦予了靈魂的大碹也會隨之得到升華，有形的大碹拆除後，無形的大碹將永遠在人們的心目中矗立著。

古泉連珠原不在縣邑八景之內，世人知其名者亦不多。清乾隆年間，知縣江乾達對此泉喜愛有加，瑞珠泉是縣治內諸泉中最傑出者，但舊誌中對此泉並無題詠，隨發出了「可知山水留名亦有遇有不遇」的感嘆。乾隆四十八年，他主修縣誌時，便把「古泉連珠」取代了原八景中虛幻不實的「仙臺夕照」，此後八景便有兩說了。瑞珠泉水並不徑直流向北鄰的小汶河，它一路蜿蜒向西。夏日裏掬一口泉水，清涼甘冽，沁人心脾，冬天的泉水之上霧氣騰騰，遠遠望去，宛如一條舞動的長龍，為瑞珠泉平添一種壯觀而又神祕的色彩。

小汶河兩岸蘊藏著豐富的煤炭資源。春秋戰國時期已有民間挖煤活動。史學家考證，新汶礦區在北朝時就開發使用煤炭燒製瓷器。唐代和宋代的冶鐵、陶瓷業極盛，採用當地半裸露煤炭燒瓷、煉鐵。郭家泉村南的鐵路是日本人佔領中國後為掠奪煤炭資源，主持修築的。建國後，國家和地方又建起了大大小小的煤礦。過濫的開採，致使地下水位急劇下降，一眼井，需要打一、二百米深，才能見到水。

瑞珠泉漸漸枯竭了。後人只能從史書上去尋覓一代名泉汩汩噴湧的盛況，而再也無法放眼領略「泉出平地」的景觀了。

村中原來也有一條小河，自東向西流。在村中的老學校前與從南面流來的一條小溪交匯後拐彎向北流入小汶河。到學校上學需過一座石橋。學生們就順著《瀏陽河》的調子唱：「郭家泉河，彎過了幾道彎，三四里水路，到溝北崖……」溪流清澈見底，常年不斷。小河的北岸成片的柳樹和槐樹，樹下有一古老的石碾，石碾旁住著一戶人家，這家的主人是個讀書人，據說家裏有不少藏書。在吱呀呀的壓碾聲、洗衣姑娘的打鬧聲和學校裏的讀書聲交織在一起的樂曲中，三三兩兩的老人坐在樹蔭裏，吸著旱煙，喝著老乾烘茶，拉呱聊天，怡然自得。對著石橋是郭家泉古寨的南門，沿河北岸有殘留的部分古寨牆，這條小河就像一條護城河，形成了一道天然的屏障。這樣的環境很容易引起人們的遐想，在古時，這座橋的前身是一座被高高吊起的木橋，白日裏放下吊橋，村民自由出入，到了夜間再把木橋吊起，防止土匪的入侵。

郭家泉村四千餘人，郭姓佔了百分之七十，自建村至今，「政權」一直掌握在郭姓人手裏。有一個傳說，也不知何年何月，什麼朝代，一個叫于進泉的人遷來定居，于進泉為人老實厚道，勤儉持家，不幾年日子就紅火起來，買了田地，養了牛馬，雇上了長工丫環，成了村裏的首富。郭姓人心理不平衡了，幾個頭面人物湊在一起商議對策，有人說：「富是因為他的名字，于（魚）進泉，魚得水，如虎添翼，如何不富？」「那我們叫他于（魚）進鍋。」「對！就叫他魚進鍋！」不久，於家敗落了。于進泉閉門思過，悟出是人們叫他于（魚）進鍋的緣故。也不聲張，臥薪嘗膽，每日早起，鄰居還在睡夢中，就聽於家開大門的聲音，就說：「于家起來了」，「于家起來了」，藉著諧音，於家果然再次富了起來，唯恐有變，就悄悄地搬家，離開了郭家泉。

傳說就是傳說，誰也無法考證它的真實性，就這樣一輩一輩流傳下來，不知是自責，還是懺悔。

我曾找到一部清道光八年由郭氏十一世郭璽創修的《新邑郭氏族譜》手寫本殘卷。在三世祖郭名香的簡介中說，祖諱名香，字古泉。生六子，曰思舜、思禹、思湯、思文、思齊、思魯。名字取得都非常大氣，說明郭氏祖上是讀書之人。建國後，有更多的人考上大學，讀了博士，走出了村莊。

一位旅居紐西蘭的中國畫家買了一艘帆船環遊世界。這位畫家就是從郭家泉走出去的，是我的朋友，我們曾經合作過一套連環畫。他從一家美術院校畢業後，就只身一人去海南尋求發展，在報社做過美編，在電影製片廠搞過動畫設計，後來自己做老板開了一家影視廣告公司……無論做什麼都沒有放棄對藝術的追求。他是一個天生不安分的人，當他走遍祖國的山山水水後，他的視野又轉向了海外。藝術沒有國界，在澳大利亞，他的畫展受到了歡迎，當他來到紐西蘭時，他的作品在這個國家引起了震動，上層社會皆以擁有這位黃皮膚畫家的作品為榮。

在這個文化教育、風俗習慣皆不相同的異域社會能有大的發展，所付出的艱辛是可想而知的。他卻沒有安於紐西蘭富足的生活，他有更遠大的目標。他要做哥倫布。他要環遊世界。當他駕駛著那艘八米長的無動力帆船，在南太平洋獨自航行了四千海哩後，回到了祖國。從大連出航，進行環球航海的第一階段——中國海疆行。他用一個多月的時間完成了中國海疆從北至南的單獨航行，最終抵達南沙群島。返航後，經過休整，他再繼續用十八個月時間完成整個環球航行。這次航行將使他成為第一個駕駛無動力帆船進行環球航行的中國人。

郭家泉泉水乾涸了，小汶河的河水污染了，人工建造的保佑人們旱澇保收的「聖殿」——大碹也將被拆除。它們以生命作代價，培育了百餘名大學生，幾十名碩士乃至博士研究生，培育了教授、作家、藝術家，培育了一代新人。寫在人們臉上的不再是貧窮、安逸和滿足，而是財富、忙碌和氣質。

一位作家說：「故鄉可以幾年不回去，但它總在那兒，什麼時候回去，都可以用月光的柔情，去撫平你心靈的創傷。」故鄉又像一個巨大的磁場，無論你走得多遠，都有一根無形的線牽著你，讓人魂牽夢繞。我想，經過改革浪潮的沖刷，用不了多久，一個新型的鄉村將伴著古泉連珠的勝景屹立在汶河岸邊，依稀中我分明又看到瑞珠泉復湧的迷人景致了。

二〇〇二年七月二十七日一稿於泰山文化傳播中心
二〇〇三年三月二十六日二稿於《農村科技導刊》雜誌社

【原載二〇〇五年第三期《翠苑》（江蘇）】

都市女孩

雨還在下著……

我們買了天津至北京的火車票後，給北京的朋友打了個電話。朋友說，我們乘坐的火車，晚上十二點才能到達北京，那時，北京的地鐵就停運了。於是，我們又退掉了火車票，在天津火車站門口，坐上了去北京的中巴。

車剛發動，又匆匆上來一位女孩，穿著打扮新潮而不妖豔，一副眼鏡為她增添了一絲文靜。她大包小包提了五、六個，把行李架放滿後，自己又抱了兩個，在我身邊坐了下來。

車開動不久，一個包從行李架上掉了下來，砸在我的胳膊上。

「對不起！砸疼了您吧？」女孩一口純正的北京話。

「沒關係！你是北京人吧？」我幫她放好包後，問她。

「我以前不是，我家在武漢。」

這是一個健談的女孩。她說，她媽媽是北京人，爸爸是武漢人，她考學來到了北京，畢業後，就留在北京中關村一家IT私企工作。後來她爸爸也調到了北京。

我說：「下面的城市，無論在思想意識、生活水平還是科學知識方面都比北京慢半拍。」

她說：「北京作為中國的首都，就應該領先嘛。承辦亞運會，使北京前進了五年，這次申辦奧運會，又使北京前進了一大步。」

「你們生活在北京，也是一種幸福。」

「但在北京生存，競爭非常激烈，生活的壓力也大。我們公司的人，有的三十五歲了也沒有時間去懷孕、生孩子。就說買房吧，我買了一套房子九十九個平方，使用面積才八十多平方，就花了四十六萬，我每月要拿兩千多元來供房。要交二十年才還清房錢，這輩子就為了這房子了。」

「你每月收入多少？」

「四千多吧。」

「你和男朋友一塊交嘛。」

「不！我自己的就是我自己的，要不以後分手，房子怎麼分呀？」

聽了這話，我為她這種新的觀念感到驚奇，問她：「你買了房子，如果結婚後，你丈夫會不會感到心理不平衡？有一種寄人籬下的感覺？」

「如果這樣想，他可以自己再買更好的房子呀，他也可以買汽車呀，到時，他開他的車走就是了。」

原來在報上看到，很多人為了以後離婚不留後患，搞婚前財產公證。但真正遇到這種觀念的人我還是第一次。可能這就是都市人和一般城市人的差別吧。

在我們聊天的時候，她的手機響了幾次，在電話裏，她向在南京出差的同事發出了指示。

我說：「看來你還不是一般的職員呢？」

她只是笑了笑，算是默認了。

接完電話，她拿出一個筆記本，摸黑在上面記著什麼，我說：「什麼事這麼重要？」

「不記下來，回去就忘了。」

我打開手機，用微弱的光為她照亮。

她記完後，把臉前的頭發用手梳向耳後，笑著說：「你真好心！你到北京旅遊嗎？」

「不！我到一家出版社送書稿。」

「噢！你是作家呀？我特崇拜作家，你出過什麼書？」

「去年出過一本散文集。」

「我喜歡看書，但不會寫，現在搞電腦搞得連字都不會寫了。」

眼前的女孩，充滿了青春的氣息，充滿了一種積極向上的精神，一種都市女孩所特有的精神風貌。

不知不覺間到了北京。

甜甜地說了聲：「再見！」女孩下車了。

望著她的背影，我似乎覺得自己也年輕了許多……

二○○一年六月十四日於北京頤和園

【原載二○○一年八月五日《新泰日報》（山東）】

心靈陽光

紅是一個快樂的女孩，整天騎一大摩托車風馳電掣。她走到哪兒，都能帶去一片笑聲，一片歡樂。

前年的冬天，她出現在我的眼前時，腋下多了一副亮得刺眼的鋁合金拐杖。右腿的褲管空空的，在寒風中微微飄蕩。

紅還是一如既往地說笑，但看得出，她眼角裏總有一絲淡淡的憂傷。

紅是被一次意外的醫療事故截去下肢的，這次意外，改變了她的命運，給她帶來了沉重打擊。和她相戀多年，花前月下、山盟海誓的男朋友棄她而去。最讓她無法忍受的是，她那整日酗酒，在乙醇的世界裏沉醉不醒的父親，不但沒有用父愛去溫暖女兒破碎的心，反而冷言相向。

肢體的傷口很快就能癒合，而心靈的創傷卻在不斷地流血。

紅躲在自己的小屋裏，整日不出門。她心裏充滿憎恨，她憎恨這世上的一切。陪伴她的只有一臺袖珍收音機，紅整日靠播音員帶有磁性的聲音，來打發一個個百無聊賴的日子。

一天，紅忽然心血來潮，展開紙筆，往日的委屈、憤怒、絕望一起注入筆端，傾瀉到紙上。紅把它寄到電臺，沒想到，很快就播出了。

郵遞員出現在她那「門前冷落車馬稀」的小屋裏，遞給她厚厚的一遝信。那都是聽眾聽了她那篇聲淚俱下的文章後寫給她的。一封封的來信，都在鼓勵她振作起來，勇敢地面對現實。

紅那顆冰凍的心，開始融化、甦醒了。

那些熱情洋溢的信件，讓紅感到了溫暖，感到了世上還有這麼多關心她、愛護她的好人。

紅又寫出了一篇篇的文章，在電臺相繼播出。她還作為特邀嘉賓到電臺做節目，通過電波回答了聽眾提出的一些問題。越來越多的人知道了紅的名字。對紅來說，這次到電臺做節目是她人生的一個轉折點。

紅不再顧忌人們好奇的目光，她走出家門，撿起了以前學過的服裝裁剪手藝，開了一家縫紉店。紅的熱情招來了大量的主顧，生意逐漸紅火起來，紅的心裏充滿了陽光。

一天，紅在商業街走累了，坐下來休息。忽然，一隻蟋蟀跳到了她的腳下，紅把牠小心翼翼地拿起來，放在手心裏。紅驚訝地發現，這是一隻受了傷的蟋蟀，牠拖著一條殘腿。紅說：「這不是你生活的地方，這裏是鋼筋水泥的世界。你應該生活在山裏，那兒有花、有草、有石塊，你在那裏可以自由自在地唱歌！」

紅正說著，蟋蟀猛地蹦了出去，跳到了摩肩接踵的人群中。

一輛自行車從牠微小的軀體上碾了過去，就像碾在紅的心上。

蟋蟀的命運，使紅聯想到了自己，回到家，流著淚寫出了〈城市蟋蟀〉一文。

紅把她寫的全部的文章交給我看，我看得心裏酸酸的，幾乎每篇文章都是傷感的，總算看完了，壓抑得喘不過氣來。

我對紅說：「儘管你表面上已經面對現實，但在你的內心深處，還是痛苦的。你必須走出生活的陰影，正確地面對人生。」

最近得知她去石家莊參加一家雜誌社舉辦的筆會。紅說，她願意出去走走看看，了解一下外面的世界，並藉機認識一下外地的文學朋友。

我擔心紅一個人外出不方便。

紅笑了笑說：「沒事，石家莊那邊我已給朋友打了電話，他們會接我的。去年，我還獨自一人去了趟上海呢。你放心吧，哥。」

我想，紅已經完成了從一個健全人到殘疾人，再從殘疾心理到自然心態的昇華過程。她已經找回了屬於她自己的那份快樂和自信。

紅已不知不覺中走出了那個殘酷的冬季，迎來了新的太陽——那輪太陽是從紅的心底升起的。

二〇〇一年八月五日於秋緣工作室

【原載二〇〇二年十月二十七日《泰安日報》（山東）】

用愛打開塵封的記憶

我的手機突然收到一條短訊：「你好，你還記得〈美〉這篇文章嗎？你還記得江蘇的一位讀者嗎？」

是她？短短的兩個問號，猛然間打開了我塵封多年的一段情感的記憶。

上個世紀八十年代初，我在一家中學當教師。學校坐落在曠野之中，四周沒有任何建築物，前後是莊稼，左右也是莊稼。學校的院子很大，足有百畝。放學後，學校裏就只剩下我和校工兩個人，我往往帶一本詩集，到操場坐在雙槓上讀詩，有時也到校外一個蓄水池邊傾聽蛙鳴。晚上回到辦公室爬格子，做著作家夢。一封來自揚州的信件，打破了我平靜的生活。從信封上清秀的字體，我猜測是一位女孩寫來的。在此之前，我已收到了一些外地讀者的來信，那是在山西的一家報紙上發表了一篇散文引起的。看了來信，果然是一位女孩，叫衛兒，在信中和我探討人生、理想。從此，寫信便成了我生活中的一項重要內容。

信的內容越來越廣泛，共同的話題越來越多，信也越寫越長，似乎有說不完的話。慢慢地我們產生了感情，當我第一次讀到那滾燙的語言時，我的心砰砰直跳。冷靜一想，又覺得不現實，兩地的生活方式及各方面存在的差異，決定了我們不可能生活在一起。我把我個人和家庭情況仔細地做了闡述，而這封等於回絕的信更加堅定了她的信心。我也不再猶豫，我戀愛了。

當時，寫信是唯一的交流方式。從山東到江蘇一封信需要一週的時間，一週的時間對戀愛的人來說相當漫長，我們便從一週一封信，變為一週兩封信，往往我剛發走回信，就收到了她的來信。我還從她的來信中學到了一種情書的折疊法，信的四個角都扣在一起，像兩棵相互纏繞的藤蔓，越是心急越拆不開。

我天天盼著郵遞員的到來，算計著時間，到學校大門外等候郵遞員，遠遠地看到郵遞員的身影，就像見到親人一樣。

心中有愛的人是寬容的，心中有愛的人看著世上的一切都是美好的。

學生放學後，我獨自在學校的樹林裏散步，哼唱著我喜愛的兩首歌曲，一首是《林中的小路》：「林中的小路有多長，只有我們漫步度量……」儘管只有我一人，但手裏拿著情書，就像兩人一起並肩散步。另一首歌的名字忘了，只記得歌詞：「有句話語，就是關於小雨，輕輕地唱，你作的曲，漫步在小雨裏……」學校南邊有一片裸露的巨石，大的數米長，像天床一樣，我面對夕陽斜躺在上面，一遍又一遍地讀信，身心陶醉在愛的世界裏。

晚上，我把衛兒的照片斜放在辦公桌對面的牆上，靜寂的夜，只有窗外的蟲鳴伴著我的心跳。人說揚州出美女，一點不假，她長得確實漂亮。在檯燈的柔光下，似乎有些羞澀，也越發動人。我就這樣與她對視，用心去和她交流。每次寫完回信我都另抄一份，和她的來信放在一起。

我到處搜尋有關揚州的資料，了解揚州的歷史變革、地方名人、風俗民情。看到揚州二字便分外親切，馬上就想到，在鄭板橋的故鄉我有一位紅顏知己。

沒有花前月下的擁吻，沒有河邊柳蔭裏的漫步，只有心裏默默的祝福，時時處在激情湧動之中。工作學習也特別地賣力，似乎渾身有使不完的勁。我感到自己是世界上最幸福的人了。

一天，我從郵遞員手裏接過信時，明顯地感覺到分量輕了，急忙打開信封，信不再是情書折疊法，信紙像是被淚滴濕洇過多處。她說，我們的事被她母親知道了，母親極力反對……

我不知道應該怎樣描述我當時的心情，我呆呆地，不知道時間過了多久……我失戀了。

一場大雪覆蓋了大地，整個世界死一般沉寂。

我把衛兒所有的來信都拿了出來，這些信我都按收到先後編了號，我從第一封信開始讀，讀完一封，就把我的回信抽出扔進火爐，我的心也不禁抽搐一下。整整讀了一個上午，隨煙升起的寫滿愛字的片片紙灰在雪地裏飄舞著……

我把她的信件打成一個包裹寄了回去。同時，也把這段快樂過、幸福過、痛苦過的歲月封存到心靈的深處，再也不願觸動它。

我從張揚的長篇小說《第二次握手》中讀到這樣一段話：「人們初次的愛情由於年輕，又耽於幻想，成功者絕少。」初戀的夭折使我成熟了許多。

後來經歷了一些五彩繽紛的情感波瀾，一個個愛情泡沫，都隨風飄逝，無影無蹤。幾年之後，我又經歷了一場愛情之戰，與一位延邊姑娘在一個小鎮的婚姻登記室裏按下了鮮紅的手印。

一九八七年的一天，多年不曾聯繫的衛兒突然出現在我的面前，這是我們第一次見面，望著風塵僕僕、滿臉疲憊的她，我驚呆了，我怎麼也想不到她會千里迢迢來看我。妻很大度地接待了她。妻與她，一個講東北話，一個操江南語，真是南腔北調大會合了。第二天，我送她到車站，她默默地走了。我只知道她還沒有結婚。

第二年，我去南京與集報愛好者交流報紙，專門趕到了曾讓我魂牽夢繞的揚州。沒遊揚州瘦西湖，也未品嚐揚州的五丁包子，就直奔衛兒的家。這時的她已為人婦，那天，她丈夫出差不在家，她的婆婆招待了我。吃過晚飯，她把我送到了旅館，她是那樣的拘謹，欲言又止，我也一時語塞。她默默地站了一會兒，走了。當時我就後悔不該來看她，我走了，她的家人會怎麼想呢？輾轉反側，一夜無眠。翌日清晨，我就坐上了第一班車。望著送行的人群，我多想她在其中呀。車要開動時，她氣喘吁吁地跑來了。我向她揮了揮手，車子開動了。

……

二十幾年過去了，彈指一揮間。衛兒，你還好嗎？

二〇〇四年七月六日日夜於秋緣齋

【原載二〇〇五年第五期《散文百家》（河北）】

走近海迪

認識張海迪是十年前在省裏的一次會議上。她給人的第一印象是年輕漂亮，穿著入時，思維敏捷，談吐幽默，整個人充滿了生命的活力。

在濟南南郊賓館再次見到海迪時，十年過去了。已是四十三歲的她似乎沒有什麼變化，風采依舊。我想，已有十年不見了，她又是名人，接觸的人多，可能早就不認識我了，沒想到她依然記得我的名字。

我對她說：「你去年出版的散文集《生命的追問》我讀了。」

她說：「今年又出了本書，明天我給你帶來！」

第二天見到她時，我開玩笑說：「是不是忘了給我帶書？」她說：「沒有忘，我給你帶來了。」說著拿出兩本書，一本是《生命的追問》精裝本，一本是今年七月份剛出版的她和丈夫王佐良合作翻譯的美國長篇小說《莫多克》。

她在書的扉頁上寫著：「郭偉弟存念！姐姐海迪。」漂亮的字體是用金色的墨水寫的，就像印在書上。我收藏的作家簽名圖書裏，又多了兩本珍貴的藏品。

張海迪現為濟南市文聯專業作家。五歲時因患病造成高位截癱，胸部以下完全失去知覺。她以驚人的毅力，忍受著常人難以想像的痛苦，同病殘做頑強的鬥爭。她雖沒上過一天學，但自修了小學、中學、大學的課程，自學了英語、日語、德語和世界語，翻譯出版了《海邊診所》、《麗貝卡在新學校》、《小米勒旅行記》、《莫多克》，還出版了散文集《鴻雁快快飛》、《向天空敞開的窗口》、《生命的追問》。她的一百多萬字的長篇自傳體小說《輪椅上的夢》，已在日本、韓國出版。一九九三年她獲得了吉林大學哲學碩士學位。

海迪這些年取得的成績及其達到的水平，分到幾個人身上，每個人也都是優秀者。論學業，她已是碩士研究生；論醫道，她是合格的醫生。在莘縣下鄉時，她自學了醫藥知識和針灸技術，先後為群眾治病一萬多人次；講外語，她已翻譯出版了多部外國作品，一九八八年還參加了在日本舉行的日語演講音樂會；談技術，她在莘縣廣播局修理部學會了修理收音機、電視機。此外，她還舉辦過個人畫展，她出版的書中插圖也都是她自己畫的。彈琴唱歌也不是外行，出過盒帶，還和上海芭蕾舞團的演員們一起拍攝MTV。廣泛的興趣愛好，使張海迪的生活豐富多彩，緊張而又充實。

海迪是愛美的。她有一頭美麗的長髮，像黑色的瀑布披在肩上。八十年代初，當團中央表彰她時，她應邀到北京作報告。有人開始指責她的長髮，那時，「披肩髮」還和資產階級聯繫在一起。她生病住院，康克清到醫院看望她，手裏拿著一束大紅花，說是朱德生前種下的芍藥。康克清握著海迪的手說，希望她像這花一樣漂亮。看到她的長髮，也勸她剪短一些，但她就是捨不得。有關領導也幾次打電話到醫院催問剪頭髮的事，她依然堅持自己審美的觀念，那天去人民大會堂參加活動時，她用手絹把披散的頭髮束了起來。但在進入會議大廳的一瞬間，她悄悄地扯下了那塊手絹。

海迪非常喜歡體育活動，也喜歡看體育比賽，長跑、跳遠、跨欄等，凡是能夠展示腿部力量的運動，她都喜歡。一九九四年，她還作為中國代表團的運動員，參加了遠南殘疾人運動會。平時，無論工作多忙，只要有排球比賽，她都會到電視機前觀戰。賽場上緊張激烈的氣氛，緊緊地抓住了她的心弦，她忘卻了自己身體的麻木和疼痛，彷彿已融身於女排當中，和隊員們一起翻滾、跳躍，一起發球、攔網，這一切都像是在夢中。當她到韓國去參加她的長篇小說《輪椅上的夢》韓文版首發式時，面對韓國電視臺的記者，她說：「我喜歡夢境。在夢中，我的健康失而復得。夢幻彷彿是一雙無形的手，一雙雕塑師的手，它將我殘疾的身體修復得完整，它讓我坍塌的身體重新站了起來，它使我萎縮的肌體重新豐滿，它使我布滿斑痕的皮膚變得光滑。夢是一種精神補償，它給予了我走向生活的信心。在夢中，我如同健康人一樣奔跑。在夢中，我與健康人是平等的。現實中，我每天每時每刻都要忍受疼痛。而在夢中，我從未見過自己坐在輪椅上，我總是看見自己在飛跑，跑向原野，跑向高山。奔跑的夢鼓舞著我，使我無限留戀美的一切。」十年前，我想採訪她，但她身邊總是擠滿了人。我們好不容易約好了時間，但當我走進她的房間時，屋裏的人還是滿滿的。海迪天生就是招人喜愛的人，她像月亮，無論走到哪裏，身邊總是繁星環繞。她小時候也是這樣，妹妹的同學都成了她的好朋友。一有時間，都跑到海迪的小屋裏，她們一塊讀書，一塊學習，一塊遊戲。當她隨父母下放到魯西北一個偏僻貧困的村莊時，村裏的閨女小子，很快就聚集到她的身邊。她給他們帶來了知識和新鮮的故事，他們也給她帶來了幸福和快樂。她教孩子們唱歌識字，孩子們推著她的輪椅去趕集，去田野裏享受新鮮的空氣。多年以後，她回到了省城，也沒有忘記鄉下的「親戚」，鄉下的「親戚」也沒有忘記她。每到年節，他們都會大包小包地進城來看她。當她聽說村裏因無學校，孩子要到外村上學時，她拿出了自己的五萬元稿費，捐給村裏建希望小學。她非常懷念在鄉村生活的那段日子。《齊魯晚報》專門為她開闢了一個「海迪和她的鄉下小姐妹」的專欄，讓她在那裏訴說她對那些淳樸善良的鄉下女孩們的相思之情。

魯西北平原用棒子麵糊糊、三合麵窩窩哺育了海迪。當她成為全國青年的楷模後，組織上曾考慮讓她擔任共青團山東省委副書記，但她拒絕了。她還是留在了創作室，從事她熱愛的文學創作。她曾對我說：「其實我更願意當一名醫生，我的書籍也是醫學方面的多。」她妹妹也說：「她一見別人生病心裏就難受。」是的，因為她飽受病痛的折磨，她就一心想著為別人解脫病魔的困擾。但我認為當作家才是她最佳的選擇，她可以用手中的筆去實現自己的人生價值。

在讀海迪送給我的《莫多克》時，我被書中的故事情節感動了，眼睛一陣陣濕潤。作者拉爾夫・赫爾菲是美國影城好萊塢的一位動物行為學家，書中講述了一頭大象的真實故事，一個人與動物之間長達七十八年生死相依的故事。它向現代人詮釋一個真理：動物與人是休戚相關的，動物也有情感，牠們需要愛的關懷，也需要有人接受牠們愛的付出。

當作家出版社把《莫多克》的書稿交給海迪時，要求半年翻譯完。海迪為了及時交稿，便邀請她丈夫王佐良一同翻譯。王佐良比海迪大四歲，在山東師範大學工作，曾從事國際共運史研究多年，翻譯發表了大量英文和德文歷史文獻，並譯有《商海箴言》出版，還經常給《齊魯晚報》寫點散文。翻譯《莫多克》是他們結婚十幾年來的第一次合作譯書，由於只有一本原文書，海迪白天翻譯，佐良晚上工作。為了譯好這本書，他們反覆討論多次，包括統一全書的語言風格、人名、地名等，還四處搜集有關大象的資料。兩口子經過幾個月的奮戰，終於譯完了《莫多克》。

張海迪外出開會、作報告、出國，都是由她妹妹陪著。她妹妹就像她的影子，姐妹倆總是形影不離。可有一天，中央電視臺「東方時空」節目組給她打電話，邀請她到北京拍攝一部專題片時，妹妹有事不能陪她，於是她便決定獨自去北京。海迪的爸爸把海迪送到機場安檢門，就不能往裏走了，服務小姐把海迪送到貴賓室。忽聽廣播說，因天氣不好飛機要延誤兩個小時，海迪急了，關鍵是去洗手間怎麼辦？以前是妹妹相伴左右，現在只有自己孤獨地坐在那兒。快要登機時，她決定自己去洗手間。洗手間的門很重，費了很大勁才推開。門口有一個臺階，出洗手間時，輪椅的前輪很小，上不來臺階，於是她便用後輪越障的功能倒著出門成功了。登上飛機後，她感到自己又有了一次超越。

海迪說：「活著就要創造，就要探索，即使肢體已經殘疾，思想的火花也決不停止迸發。」

一九九八年九月五日於泰山書社

【原載二〇〇〇年第五期《傳記文學》（北京）】

品茗夜讀龔明德

夜深了，妻子兒女都已進入夢鄉。我沏好一杯剛從海南帶回的苦丁茶，進了書房。我想此時遠在成都的龔明德先生也一定會在六場絕緣齋裏品茗讀書吧！

桌上放著幾本書，《新文學散札》、《文事談舊》、《書生清趣》……都是先生的書。品著苦丁，苦盡甜來的感覺，就像讀明德先生的書，越讀越有滋味。

有人說：「北京的姜德明、四川的龔明德和上海的倪墨炎，是中國書話界的鐵三角。是繼唐弢、阿英、黃裳之後的書話大家。只要喜歡讀書的人都知道他們的名字。」二〇〇四年四月，我把這幾年寫的書話匯成一本《阿瀅書話》，寄給了在四川文藝出版社工作的龔明德，在收到我的書稿後，龔先生馬上給我回了信：「去年我忙了一年巴金。今年仍閒不了：去年巴金學術會一堆稿子要由我弄成一本專著出版，《林徽音文存》要一字一句一標點地死對死校後趕在年內出書，……還有臨時硬派的任務，如上個月讓我審讀鄧小平百年誕辰的紀念書，我又得拋開文學去看《鄧小平文選》……你弄報紙，我們同行，可以叫叫苦。你的書話，我爭取由我或由我的友人列入一套叢書中公開出版，至少不讓你自己花錢出，最低也可免費得一堆書送人。我已寫信給京滬寧等地友人並附寄《阿瀅書話》目錄，得等待機會……」信中還給我介紹了十堰的《書友》、呼和浩特的《清泉》、南京的《開卷》、上海的《博古》和北京的《芳草地》等讀書報刊。從此，我便走近了龔明德。

龔明德給自己的書房取名「六場絕緣齋」。「六場」原有所指，即官場、商場、情場、賽場、賭場和舞場，後來泛指「與書無關的場所」。他的書齋藏書數萬冊，家裏放滿了書，連孩子的臥室、陽臺上、廚房裏也都放了書架。有人見他這麼多書，問他這些書都看過嗎？他便惱了：「問這問題的人就更可笑甚至可惡，從此可以不再讓這類東西進書房了，它們（不是『他們』）是書的喪星，只該令其去當負責說空話的閒官或做與書無關的穩穩當當賺錢的生意。」（〈書房敘事〉）

流沙河老先生風趣地說「陪著齋中萬卷，斷了門外六場」的明德是個書呆子。他對書的愛真到了「癡」和「呆」的程度，在一家書店看到一套巴金的《隨想錄手稿本》，定價五百多元，囊中羞澀的他在書店抱著書看了兩個多小時。過了幾天，單位發了幾百元的獎金，下著雨，就急不可耐地去書店買回了那套書。回到家，愜意地躺在躺椅上翻看這些寶貝時，卻發現有幾頁空白，他又冒雨跑回書店換了書。

現今，新書的價格讓人無法接受，龔明德和眾多的愛書人一樣，走向舊書市場淘金，淘回的舊書，先用一乾一濕的布帕擦乾淨，再用鉗子把鐵釘起出來，把內頁用夾子夾好，畫好線，然後紮眼，用尼龍線縫牢，最後糊上封面。上下各放一塊木版，用石頭壓平。一侍弄舊書，龔明德「心中就蕩漾著舒適——像看到手把手教聰明了的孩子，像目睹被自己一手調理好了的生病的人……」（〈侍弄舊書樂無窮〉）他對書房有一種特殊的情感，談到他的書房，激動、自豪之情溢於言表：「好在我有書房，下班後，大門一關，便是深山了。這深山真有挖不完的寶啊……一想到我的書房，我整個人就生動起來，更不用說在裏面讀寫了。」（〈書房敘事〉）

明德先生不僅是書生，更是一位鬥士。他的性格從《書生清趣》目錄裏就可以看出——「我行我素」、「點擊作家」、「吹毛求疵」、「究根問底」。他在〈營造寧靜〉一文中說：「我渴望做戰士，為捍衛包括我自己在內的弱勢群體而吶喊。如果這樣的機會還不成熟，我樂意躲在書齋，讀者會從我的文字中發現我的不亞於做戰士的價值的。」前幾年他發現《圍城》的各種版本不一，其中修改達三千餘處，涉及內容的改動一千餘處。根據研究成果，出版了《〈圍城〉匯校本》，惹得錢鍾書大怒，並引發了一場無聊的官司，面對「名家」，不卑不亢，贏得了讀者的支持。他治學嚴謹、嫉惡如仇，「在《人民日報》發表了一篇〈令人憂心的「偽『史料』」〉，揭露了某些文壇前輩在垂暮之年為自己樹碑立傳，不惜篡改史實，製造人為的混亂。文章刺痛了不少『前輩』，但瞧明德先生的神態，仍是義無反顧的莊嚴」（〈新文學散札・毛翰跋〉）。

在《魯迅全集》中，有段關於寫章衣萍的詩的注文中寫道：章衣萍曾在《枕上隨筆》（一九二九年六月北新書局出版）中說：「懶人的春天哪！我連女人的屁股都懶得去摸了！」《魯迅全集》的權威性一下子把章衣萍定位為灰溜溜的「摸屁股」文人了。龔明德查閱了大量的史料，來證明這句話是章衣萍引用別人的，實際上等於替章衣萍平了反。他還引用大量的史料證明魯迅所寫的《登龍術拾遺》不是針對《文壇登龍術》的作者章克標的，而是借以諷刺邵洵美的。《文壇登龍術》一九九三年五月由作者以「綠楊堂」的名義自費印行後，轟動了文壇，毀譽參半。龔明德認為這本書是五四後的中國新文學唯一的長篇雜文體名著。在一九九九年十一月，他為這位百歲老人重新出版了這部名噪一時的書。其實，他完全可以多編一些暢銷書，多拿些獎金，但他老是喜歡幹些費力不討好的事情。上世紀二三十年代的作家中，左翼作家的書基本上都出版了文集或全集，而那些遠離「政壇」的中立作家的作品一直無人問津，明德先生卻在十幾年前就年年填報凌叔華、章衣萍、陸晶清等人的文集，爭取上選題，後來總算出版了兩卷本的《凌叔華文存》。

龔明德說：「在美國，挨罵最多的是現職總統，因為人們對他有很多期望，幹得好，是他的本分，幹不好，是他的罪過。在我們這兒，似乎不幹活，不認真幹活，就可以少受或免受指責，而一旦認真地從事一點事業，就難得過安寧日子」（〈關於《〈圍城〉匯校本》答記者問〉）。是的，一個人只要想幹點正事，就會馬上有人誹謗、漫罵、詆毀，而且這些人採取一些下三爛的手段企圖置你於死地。你做的正事幹得越大，你的對手的勢力也越強大。這些人有可能是你曾經所謂的「朋友」，甚至是曾得到你幫助最大的人。他在為自牧的《淡墨集》作序時說：「我們這些愛書的人，無論怎樣地設身處地，也永遠理解不了喪失人格弄出一個什麼官位沾點大小便宜的樂趣。但就有那麼一些偽『文化人』，削尖腦袋去鑽營與文化無關的門道……所以，對於說三道四的閒言雜語，應該聽而不聞，不能往心裏放，更不可以去與之理論。否則，真是抬高了這些東西們了！」（〈書，自牧的天地〉）

明德先生喜歡較真，不管在哪兒，只要一發現錯別字，非要糾正過來不可。他不但給書刊找出錯字，連《新華字典》這樣的權威辭書，都能給它找出一大堆的謬誤。一九九八年五月《新華字典》（第九版）出版後，《中華讀書報》發表了一篇題為〈一本錯誤率為零的書〉的文章，文中寫道：「很多權威人士指出，這次修訂幅度最大，雖不能說盡善盡美，但的確算得上精益求精。據商務印書館的一位負責同志講，在前不久的一次嚴格的大規模圖書質量檢查中，第九版《新華字典》的錯誤率為『零』。」看了這篇文章，龔明德來了勁，錯誤率真的為零嗎？他馬上開始審查《新華字典》，仔細一找，還真找出了不少錯誤，比如：第三八五頁，「一大灘血」的「灘」應為「攤」；第六五七頁，鯔魚「背部黑綠色」應為「青灰色」……

我在《泰山週刊》讀書版專門為明德先生開設了一個專欄，每期刊登一篇〈《新華字典》小議〉，全是為《新華字典》找出的錯誤。

校對本不是責任編輯的工作，但凡是龔明德責編的書他都親自校對。在他責編《董橋文錄》時，他把五十一萬字的《董橋文錄》細校了三遍。董橋深為感動，在贈書的扉頁上題道：「明德伉儷編校此書，苦不堪言，至感而恧。盛夏書出，白雲在望，備覺思念。文化工作得以千里呼應，誠人生一樂。遙頌儷福，並祝筆健。」

二〇〇四年底在湖北召開的第二屆全國民間讀書報刊討論會上，明德先生還建議在全國民間讀書報刊設立一個無錯字的獎項，每年評選一次，無錯字的報刊獎勵兩萬元，當年若無受獎報刊，獎金滾入下一年的獎勵基金。有大學請龔先生為博士生講課，博導希望學生們學習龔明德的這種精神。

先生不但自己愛書，還在為營造書香社會而努力。《董橋文錄》出版後，他用私款買了幾百本《董橋文錄》，分送各地的書友。他那些微薄的收入，買書時還總是在掂量著買，發點獎金，卻全部買書送人。民間自辦的讀書報刊，他都在盡最大的力量去扶持。我外地的書友，也大都是經他介紹認識的，湖北的黃成勇和李傳新、四川的傅天斌、南京的董寧文、北京的譚宗遠、內蒙古的張阿泉……《開卷》、《書友》、《清泉》等，這些報刊也都是先生寄給我的。我在《泰山週刊》開設了一個書話專版——「泰山書院」，得到了他的大力支持，在電話裏一再叮囑我要把這個欄目辦好辦活，明德先生在給我的信中說：「『泰山書院』有讀頭，此類格調出報一二百期，對中國書香文化的建設，功勞就大多了。」對我更是關愛有加，他在給阿泉的信中說：「郭偉（阿瀅）也是與你一樣的書愛家，他已與董寧文、黃成勇、李傳新等建立了聯繫。我從今年起想在地市甚至縣級的報上弄出一批高雅的書香版面，為『書愛家』的成長提供遍布全國各地的溫床，郭偉兄早就這樣幹了，而且成績可觀。他的『泰山書院』可品可存，我是每期都剪存的。」

龔明德的新書《書生清趣》剛剛出版，就給我寄來一冊，在扉頁上題曰：「毛邊編號題簽本百本之〇四一，阿瀅先生郭偉仁弟愛書且喜作書話，為吾同好。此書為閒書，供閒覽。」

先生的前幾部書學術味較濃，給人的感覺「六場絕緣齋的主人明德先生似乎總是板著臉的」（桂子語）。而這本《書生清趣》是董寧文主編的《開卷文叢》第二輯中的一本，根據董寧文的要求，他「弄了一批不太死板的文章」。有了「清趣」二字，文字自然不會像以往那樣冷峻了。讀完《書生清趣》，一個執著、真純的讀書人形象就展現在人們面前了。是那些書造就了龔明德，同時，龔明德又賦予了那些書以新的生命。

龔明德說：「一個文化人如果不在文化上顯示自己的富有和高貴，那正好上了世俗的當，步入庸常一途了。」在龔先生的影響下，全國各地一大批的書愛家正在努力地使自己富有和高貴起來。

二〇〇五年五月四日夜於秋緣齋

【原載二〇〇六年第三期《百坡》文學（四川）】

我與文潔若的書緣

辛酉金秋，在北京召開的第三屆全國讀書報刊研討會上，認識了仰慕已久的文潔若先生。文先生穿著樸素端莊，一頭微捲的長髮，那神態、那少女般甜潤的嗓音，誰也不會相信在面前的是一位七十八歲的老太太。

幾天的會議，已使我們相互熟悉，共同的話題也多了。會議的組織者安排與會人員參觀老舍故居。一九五〇年秋，文潔若在三聯書店工作，在同事、詩人方殷的婚禮上，文潔若第一次見到了老舍。老舍西裝革履，作為主婚人站在師大女附中禮堂的講臺上。新娘子是該校的優秀教師，和新郎都屬大齡青年。女學生們笑個不停，整個禮堂充滿了歡樂的氣氛。老舍風趣幽默的談吐，給文潔若留下了很深的印象。然而，由於唯恐勾起對文革那段不堪回首歲月的回憶，文潔若以前從未進過丹柿小院。如今的丹柿小院，早已是人去房空，她默默地、仔細地看著房內的陳設，猜想著原來會是什麼樣子。在八道灣魯迅和周作人的故居，曾伺候過魯迅的老保姆的外甥女張淑珍後來也給周家當過保姆，而今已是八十五歲的老人了，她一直住在這個已被無規則蓋起的一個個小屋子破壞了原來格局的小院裏，文先生認真地聽老人講述苦雨齋的變遷。從八道彎出來，看天氣尚早，我們又驅車去布衣書局淘書。布衣書局是近幾年新崛起的一家民營書店，在書刊界有很高的知名度，老板胡同是山東臨沂的一位小伙子，精明能幹，幾年功夫就在書刊界闖出一片天地。

文先生一直陪伴著我們，我們在書架上搜尋著「獵物」，她悠閒地坐在藤椅上翻閱圖書。我在一個書架的底層發現有一部蕭乾紀念文集——《微笑著離去——憶蕭乾》，吳小如、文潔若編，一九九九年十月遼海版，書中收錄了各地報紙報導的蕭乾去世的消息和紀念文章。書前附有大量的蕭乾生前工作、生活圖片。我買下書後，拿給文先生看。她見到這部書，眼睛一亮，問：「你從哪兒找到的？我還想買這本書呢。」我說：「這本書就送給您老了。」文先生說：「不用了，我家還有一本。」文先生在書上題道：「盡量說真話，堅決不說假話。錄蕭乾名言與阿瀅先生共勉，文潔若，二○○五年十月十五日於布衣書局。」

一九五四年，文潔若嫁給了離過三次婚的蕭乾，婚後第三年，蕭乾就被列為右派份子發配到農場勞動。文潔若說：「叫下去就下去。別說十年，我等你一輩子。」文潔若一個人帶著三個孩子，在物質和精神的雙重壓力下，艱難地支撐起了這個家。回憶起那個年代，蕭乾曾感慨地說：「我的朋友中，好多對本來可以幸福地一道生活一輩子的，卻在超壓之下，婚姻還是斷裂了。可潔若絲毫也未動搖。」「我們能恩愛至今，關鍵還是潔若頂住了五七年那次超承受量的碾壓。」

一九九八年，蕭乾先生去世後，孩子都在國外工作，勸她出國，也好照顧她的生活，為她辦理了幾次出國手續，她都沒有去，因為她深深地愛著自己的祖國，儘管到國外無論生活環境還是工作環境都會得到改善，但她還是堅持留了下來。

從北京回來後，我把與文先生的合影寄了過去。過了幾天，我打電話問是否收到照片，我剛報出名字，電話裏就傳來了她親切的問候，她說：「您給我寄的照片和報紙我都收到了，謝謝你。你太胖了，以後要控制體重。我前幾年得了腦梗。」我說：「我沒有看出來，您的身體很好呀。」她說：「我就注意飲食，有時候家裏連油都沒有，就不炒菜，現在恢復得很好。」

文先生的生活極其簡單，連保姆都沒找，她聽中醫講，茄子可以軟化血管，又在報紙上看到，土豆、白薯、黑木耳、海帶、紫菜等都對延緩動脈硬化有好處，於是她只買這些食品，家裏除了西班牙進口的橄欖油，就只有食鹽，連醬油、醋、醬都不用。有時根本不炒菜，她「把大米、土豆片、胡蘿蔔片、紫菜放在電飯煲裏一道煮，分成六份，可以吃兩天。每週到飯館去吃一次魚，再叫上一盤燒茄子，剩下的帶回來可以吃幾頓。」弟媳婦看見她做的飯，說：「你這飯也只好你自己吃。」後來她到醫院在神經內科做各種檢查，腦梗的斑點居然奇蹟般地消失了。

文先生給人的印象，和藹可親，平易近人。在一次和文先生的通話中說，我藏有蕭乾先生的幾本書，等有機會到北京請文先生簽名，她說：「你寄過來吧，我簽好名再給你寄回去。」我便把《蕭乾散文選集》（一九九五年九月百花文藝版）、《心的解讀》（二〇〇二年一月中共中央黨校版）和《我這兩輩子》（一九九六年二月人民日報版）三本書給文先生寄了去。

文先生不但是作家，還是翻譯家，她著有長篇紀實文學《我與蕭乾》，散文集《夢之谷奇遇》、《文潔若散文》，隨筆集《旅人的綠洲》，評論集《文學姻緣》等。在父親的督促下，小學剛畢業，就在課餘翻譯了二十卷近百萬字的《世界小說讀本》。一九五〇年畢業於清華大學外國語文學系，後為人民文學出版社編審。退休後，反而比上班時更忙了，又編，又寫，又譯，蕭乾先生曾風趣地稱他們是「一對老人，兩個車間」，他說：「潔若的書桌放在臥室，擠在我們那張大床旁邊。由於搞翻譯，她整個被英、日文工具書包圍起來了。她是能坐下來就幹上幾個鐘頭的。」

文先生在日本文學翻譯方面，取得了驕人的成就，她是中國個人翻譯日文作品字數最多的翻譯家。在長達半個多世紀的時間裏，先後翻譯出版了十四部長篇小說、十八部中篇小說、一百多篇短篇小說，近千萬字。

文先生看了《泰山週刊》後，說：「以後我可以給你投稿，你的報紙需要多長的稿子？我剛寫了兩篇可以配合抗戰勝利六十週年的稿子。」我說：「長短都可以，您再配上幾幅圖片寄給我，我給您發一個整版。」「我這幾天很忙，週二我給你掛號寄去。」

一直以來，人們都把愛爾蘭小說家詹姆斯·喬伊斯的《尤利西斯》稱為「天書」，一般讀者很難讀懂。一九四〇年，蕭乾曾從英國給胡適寫信，說他正在讀《尤利西斯》：「這本小說如有人譯出，對我國創作技巧勢必有大影響，惜不是一件輕易的工作。」半個世紀之後，在文潔若的鼓動下，老兩口開始合作翻譯這部巨著。這時，蕭乾已是八十歲高齡，文潔若說：「一般是我先譯一遍，蕭乾再潤色一遍，蕭乾常常戲稱我是『一個零件也不丟』——連一個虛詞也不放過。」譯完後，蕭乾寫道：「很吃力，但也感到是一種愜意。因為一個奔七十歲和一個已過八旬的老夫老妻，三四年來起早摸黑，終於把這座堡壘攻下來了。在這項工作中，潔若是火車頭。她為此書放棄一切休息和娛樂，還熬過多少個通宵。從一九五四年五月，我們搭上伙，她就一直在改造著我：從懶散學到勤奮。譯《尤利西斯》是這個改造過程的高峰。」一九九四年，凝結著蕭乾和文潔若的心血和汗水的《尤利西斯》由譯林出版社出版後，在全國掀起了《尤利西斯》熱。

晚上，給文潔若打電話，文先生說：「這幾天挺忙的，書還沒來得及給你寄，因為蕭乾塑像官司的事忙了幾天，有好些稿子要寫，過幾天給你寄書去，我又給你加了一本。」

過了幾日，便收到了文先生的掛號郵件，文先生除了在上述三本書上題字蓋章簽名外，還另贈我一本《中國現代文學百家——蕭乾》（一九九七年一月華夏版），文先生在扉頁上題道：「謹呈阿瀅先生，潔若敬贈，二〇〇五年十一月十五日」，蓋有蕭乾和潔若兩枚印章。文先生在信中說：「阿瀅先生：謝謝照片，有兩張將來可選入影集。附上稿子二篇，十二月起，集中力量譯一部夏目漱石的作品，不再寫零星稿件了。匆致冬祺。文潔若二〇〇五年十一月二十三日」。文先生隨書寄來了〈中國人如何看待日本右翼作家三島由紀夫〉及〈維爾高爾的《海的沉默》和三島由紀夫的《憂國》〉兩篇稿子。

〈中國人如何看待日本右翼作家三島由紀夫〉寫的是，一九五五年十卷本的三島由紀夫文學系列由作家出版社出版後，中、日、美三國學者擬訂於九月二十七日在武漢召開三島由紀夫文學國際研討會，被有關部門阻止。三島由紀夫曾在《尚武之心》一書中揚言：應該砸爛廣島那座刻有「安息吧，過去的錯誤不會再犯了」的慰靈碑，否則日本好不了。文潔若堅持「絕不能在華召開其國際研討會」；〈維爾高爾的《海的沉默》和三島由紀夫的《憂國》〉文中說，維爾高爾是法國作家，中篇小說《海的沉默》完成於一九四一年，當時法國處於納粹的恐怖統治下。作品描寫了一位原為作曲家的納粹軍官，對瘋狂的法西斯暴行深惡痛絕，但又無力改變現實，最後選擇了走向戰場，選擇了死亡。而日本右翼作家三島由紀夫寫於一九六〇年的《憂國》就是武士道加色情的作品。小說描寫了一九三六年日本法西斯軍人為了加緊推行全面侵華戰爭，發動了一場未遂政變事件。小說中的男主角因故未能參加政變，政變平息後，卻派他去處死他志同道合的政變軍人，他選擇了剖腹自殺。而作者三島由紀夫本人，於一九七〇年在東京市谷自衛隊東部方面統監部號召自衛隊員起義，因無人響應，遂剖腹自殺。《海的沉默》和《憂國》兩部小說主人公不同的命運多少折射出德意志軍人與日本軍人的差異。文潔若寫以上兩篇文章，旨在告誡人們：「歷史可能重演！」

「人生最大的快樂莫若工作」，「工作最大的報償，是從完成了它而得到的快慰」。文先生寫完這兩篇短文，又全身心地投入到新的翻譯工作中去了。就像蕭乾先生生前所說：「浪波的壽命總歸短暫，大海則是永恆的，我原來自大海，將回到它的懷抱。我所有的一切，都是它給予的，直到最後一滴。」

二〇〇五年十二月九日於《泰山週刊》編輯部

【原載二〇〇六年二月十二日《海南日報》（海南）】

初識自牧

湖北書友黃成勇出差到濟南。想看看與書有關的部門和人，打電話問四川文藝出版社的龔明德：找誰領路合適？龔明德想都沒想馬上答覆：「找自牧！」其時，龔明德和自牧兩人還沒有見過面，只是神交已久。龔明德說：「在幾千里之外，有一個可以信任的愛書的友人，實在是人生一大幸福。」

自牧乃何許人也？他不是專業作家，卻有國家一級作家的職稱，先後出版了《百味集》、《抱香集》、《疏籬集》、《三清集》、《綠室詩存》、《人生品錄——百味齋日記》、《淡廬日記》等著作；他不是專業編輯，卻為文友們校編了百餘部作品集；他不是書法家，有些報刊社卻找他題寫刊名。自牧原名鄧基平，又號淡廬，是一位在全國書話界頗有人緣的書愛家。

認識自牧，首先是讀了他的日記，再讀他的書信、序跋，最後接觸他的人。在沒有見到他之前，讀他的作品，那裏面充滿了對生活的熱愛，對書的癡迷。搞文學創作大都是從小說、詩歌、散文開始，而他卻一直傾心於日記文學的創作。幾十年來樂此不疲，正是因為日記的原因，書齋裏的自牧才開始為社會大眾和媒體所注意。他與于曉明共同主編的《日記報》，由報紙型改為書刊型出版後，時間、精力、財力的投入日益加大。幾年下來，他們投入了幾萬元，為營造書香社會，一直在默默地工作著、奉獻著。他們的《日記報》也逐步被書話界書友所認可，並成為書友們喜愛的「民刊」之一。

我在自牧的辦公室裏看到過他自己裝訂的日記本，日記寫在十六開稿紙上，每篇日記都字跡端正，沒有一絲匆忙潦草之感，裝訂得整整齊齊，有封面、有襯頁，封面上題有集名，裝在十分精緻的檔案盒裏。如果單單一個時期這樣做尚不算難，難能可貴的是自牧二十幾年來一直是這樣仔細地去記錄去保存日記。其做工之仔細，就是一般的檔案管理人員也無法比擬。這些年來，自牧寫了幾百萬字的日記，一九九三年十月山東文藝出版社出版了他的《人生品錄——百味齋日記》，在自牧的日記裏，幾乎每天都有與各地文友交流的訊息。讀了他的日記，一個豪爽、好客的當今孟嘗君的形象就在腦海裏形成了。張煒評價說：「我想這大概是山東文壇第一部長篇記事，也是泉城文人當中第一個有心人撰寫的。這部日記文筆洗練，記事清晰簡約，而且極少有情感的誇張。我想這是中國式的《龔古爾日記》，必將成為今後研究山東乃至中國當代文學的人的手中的瑰寶。」（〈文友自牧〉）

書友于曉明在一篇文章裏說自牧每年散書三千。自牧每編一本書，都留一百本送人。他說：「我給文友的回信都是隨信寄去一本書的。」他的日記、書信上也都有他送書的記錄，他編了一百多部書，散書又何止三千呢？我第一次見他時，他就送我了二十多本書，有他自己的書，也有為文友編的書，他在書上分別題跋道：「我以我文行我法，甘為人弟不為師」、「沐浴書香」、「自放幽香不爭中」。以後，每次與他見面，都有書相贈。

自牧推崇孫犁的文品和人品，孫犁欣賞自牧的才幹，兩人遂成忘年交。孫犁生前，自牧曾多次前去天津探望，並與孫犁的研究者劉宗武、郭志剛等專家、學者以及孫犁的兒子交往密切。在孫犁的《書衣文錄》（一九九八年五月山東畫報版）中，曾三次提到自牧：他在《古今偽書考補證》書衣上寫道：「山東鄧基平寄贈。國家形勢堪憂，心緒不寧，午飯後裝整之。一九八九年五月十八日」；在《遵生八箋》書衣上寫道：「一九八九年九月十九日，鄧基平寄。書價昂，已寄款去。此書收入四部叢刊中，已不易得。余見有排印本，原想購置。然此本油墨紙張均甚差，所謂好書不得好印。且有刪節，未能令人滿意，然今日出版物，亦只能將就看看。當日晚記」；在《菜根談》一書封皮上又寫著：「此昨日收到之山東鄧基平所贈小書。余初認為明人議論，不甚注意。及見書後附傅連璋序，乃嘆為珍本也。傅氏行醫汀洲，紅軍至參加革命，隨軍長征，於我軍醫，大有貢獻……一九八九年十一月十日下午裝訖記。」

在孫犁的《芸齋書簡》（一九九八年六月山東畫報版）中，收入了孫犁寫給自牧的十六封信。自牧的處女集《百味集》出版時，孫犁為之題寫了書名，並由此衍生出一段書緣：北京有一位叫孫桂升的老先生是孫犁的崇拜者，只要是孫犁的書見到必買。孫桂升在北京琉璃廠的中國書店發現了孫犁題簽的《百味集》後，買回去讀了，並與作者自牧取得了聯繫。此後兩人魚雁往還，十年間便得信幾百封，全是淘書、讀書、寫書之感受，遂於二〇〇三年兩人合作出版了書信集《南北集》。

每次去自牧的辦公室，都看到成逕的正在校對的書稿，奇怪的是整天與文字打交道的他卻不會使用電腦。為了迎接在北京召開的第三屆全國讀書報刊研討會，他編了一部《半月日譜》，收錄了全國四十八名書愛家二〇〇五年一月一日至十五日的日記。當我收到他寄來的我的《泰山日曆》樣稿時，我打電話告訴他，我改好了稿子即發到他的電子郵箱裏。他說，他不會用電腦。儘管他家裏的電腦已買了好多年，卻一直都不會使用。在當今資訊時代，從事文化工作的哪有不會用電腦的呢？自牧不但不會使用電腦，就連手機訊息也不會發，我笑他：「你這是在拒絕現代文明呀！」仔細一想，他拒絕電腦，也有他自己的道理，如果使用了電腦，他那一本本裝訂整齊的手寫日記、書信還會有現在的效果嗎？前些年，寫信與朋友交流是我生活中不可或缺的一部分，寫起信來洋洋灑灑數千言，有些信文采飛揚，有些信情意綿綿，現在讀來仍覺有趣。自從有了電話，特別是使用電腦寫作以後，寫信就極少了，即使發封電子郵件，內容也像電報一樣簡潔，再也沒有原來寫信時的那種情趣了。電腦可以提高人的工作效率，同時也容易使人浮躁。我想，這也是自牧拒絕電腦而堅持用筆寫作的原因之一吧。

王小波是一位遊走在文壇邊緣，被稱為「文壇外高手」的特立獨行的自由作家。自牧與王小波有相似之處，他不願介入文化圈內的山頭之爭，醉心於自己的日記寫作，別人的小說出版、散文發表、詩歌獲獎，他都無動於衷。想想這些，自牧何嘗又不是一位「特立獨行」的平民作家呢？

二〇〇五年七月二日於《泰山週刊》編輯

【原載二〇〇五年九月二十七日《泰山週刊》（山東）】

劉運峰和《書林獨語》

一本素雅的小書放在案頭，在《書林獨語》這個充滿書香的名字誘惑下，我放下手頭的工作，去尋覓作者讀書寫作的心路歷程。

《書林獨語》是劉運峰的第一本散文集，二〇〇四年三月由天津社會科學院出版社出版。前部分記師友，用樸實的語言描述了當年師從范曾、王學仲、孫伯翔、劉向東、朱英瑞等教授學者的學習生活，還有與孫犁的交往、與唐弢的結緣……後部分寫的是淘書、讀書生活，從題目上就可以看出作者是位十足的書愛家，〈樂趣何如淘舊書〉、〈逛舊書攤的樂趣〉、〈孫犁著作訪讀記〉、〈貴陽買書記〉、〈春日買特價書記〉……劉運峰在自序中說：「書籍，不僅給了我許多的知識，更多的是給了我生活的勇氣、信心和力量。在我生活困頓、精神苦悶的時候，書籍成了我最好的精神寄託。」

淘書和讀書一直是矛盾的，淘來的書，有的要精讀，有些粗讀，有些只是瀏覽一下，還有些書不一定去讀，只是作為資料留存。幾乎所有的書愛家都討厭別人問，這些書你都讀了嗎？對於買書，劉運峰有自己的見解：「買書本身就是一種樂趣、一種愛好、一種追求、一種人生態度、一種生活方式。買書的時間一長，就會上癮，就會體驗到別人所無法體驗的樂趣。」愛書的人都會有這種「淘書癮」，正因為那種不可言傳的樂趣，才會使得眾多的書愛家樂此不疲，如醉如癡。

劉運峰不但是書愛家，還是一個魯迅研究專家。結識劉運峰是一個機緣。濟南書友徐明祥打電話問我，寫書話〈《魯迅序跋集》的出版〉的秋聲是誰？我說是我。我平時發表作品一般都用筆名阿瀅，秋聲這個筆名是很少用的。他說，《魯迅序跋集》的編者劉運峰是自牧的朋友，在天津工作。自牧是一級作家，《日記報》主編，曾出版有《百味集》、《抱香集》、《疏籬集》、《淡墨集》等十餘部著作，也是我新結識的朋友。我馬上給自牧打電話，問了劉運峰的地址後，把發表有〈《魯迅序跋集》的出版〉的那期報紙給劉運峰寄了去。劉運峰看到報紙後，給我寄來了《書林獨語》和他編的一部研究書法家孫伯翔的理論文集《孫伯翔論》。

他在信中說：「此文你下了很大的功夫，資料詳實，對我很有幫助，你的建議非常好，倘有再版機會，我當把存目部分補入，同時把原來遺漏的部分也一並收錄，王冶秋先生編的《魯迅序跋集》當時已排出了清樣，因上海淪陷而未能出版，新中國成立後，巴金先生將這部清樣交給了人民文學出版社王仰晨先生，王先生又轉給了魯迅博物館，我在編此書時很想找這部清樣參考一下，順便也想把許廣平、王冶秋的序跋收進去，可惜的是魯迅博物館查不到，不知何故，只能再繼續尋找線索……《序跋集》中有一個明顯的錯誤，即五百六十五頁，倒數第三行，應為『吾儕好事』此字誤了幾十年，我也隨著錯下去，最近修訂全集，根據魏建功的鈔稿校了出來。」

劉運峰當過教師、編輯，是一個業餘魯迅研究專家，根據自己多年的研究成果，出版了《魯迅佚文全集》、《魯迅序跋集》、《魯海夜航》等書。他多年來仔細研究一九八一版《魯迅全集》，針對其中校勘、注釋等方面的錯誤做了一百多萬字的筆記資料。他曾想把這些材料單獨出版，人民文學出版社得知後，馬上派人與他商談，他把手中的所有資料貢獻給了《魯迅全集》修訂委員會，為《魯迅全集》修訂工作提供了巨大的幫助。人民文學出版社召開《魯迅全集》修訂工作座談會，會議參加者都是「魯研界」知名專家學者，劉運峰也在被邀之列。

自牧說，劉運峰還是一位書法家，是中國書協會員。從劉運峰在《書林獨語》扉頁上的小楷簽名，就可以看出他的非凡功力。他給我的信也是用小楷寫在宣紙上的，信的本身就是一幅值得珍藏的精美書法作品。

劉運峰說：「我信命，我相信自己一生的命運離不開書。」對一個書愛家來說，在溫飽之餘，有錢買書，有書可讀，復有何求呢？

二〇〇五年五月十六日於《泰山週刊》編輯部

【原載二〇〇五年十月《泰山》創刊號（山東）】

小潛徐明祥

和徐明祥相識緣於書。

二〇〇四年到濟南中山公園淘書，在一家書店看到了《書脈集》。據說書話家徐雁教授的藏書中，書名帶「書」的就有五百餘冊。我在淘書時，特別留意書名帶「書」的書。我拿過《書脈集》翻看一下，果真是一部書話集。《書脈集》是徐明祥的第二部書話集，一九九九年九月作家版，錢仲聯題簽。書分四輯：「潛廬書話」、「臨風隨筆」、「潛廬書簡」、和「靜夜心思」。其中的「臨風隨筆」和「靜夜心思」兩輯是散文、隨筆，夾在其中，在閱讀上有些阻隔。如果去掉這兩輯的話，就是一部純粹的書話集了。作者別出心裁地留了一個空白序——在序的位置印了兩頁空白稿箋，讓讀者隨意填序。為人作序者，或學術上有所建樹，或社會上有一定影響，或與作者相熟。讓素不相識的讀者作序，也是一個創舉。

從書簡的字裏行間得到一點訊息，作者是一位教育雜誌的編輯，因為同道，便產生了結識徐明祥的念頭。我在百度搜索網打上徐明祥的名字，搜索關於他的資訊。查過好多資料之後，終於在徐明祥寫的一篇教育論文的後面找到了他的工作單位和電話，一撥電話，是空號。再打一一四去查找單位，終於聽到了徐明祥那略帶鄉音的普通話。

接到我的電話後，徐明祥就馬上到郵局為我寄書，等了許久，沒有收到。在此之前，南京的董寧文、湖北的李傳新、甘肅的尚建榮、河北的高玉昆、安徽的許俊文、上海的陳克希、北京的周葉慧……給我郵寄的書刊都丟失過。不知現在的郵政部門怎麼了，不掛號的郵件，一點保障也沒有。明祥只好再次掛號寄來了他的《聽雨集》和《潛廬詩草》。

《聽雨集》也是一部書話集，一九九七年四月由華藝出版社出版，趙麗宏、秋禾、王稼句作序，自牧跋，張中行題簽。《聽雨集》中也有「臨風隨筆」和「靜夜心思」兩輯，如果把這兩本書重新組合一下，分別出一部書話集和一部散文隨筆集，就完美了。

明祥後來又送我一冊《書脈集》毛邊題簽本，他在扉頁上題道：「郭偉先生於濟南中山公園舊書攤淘得拙著《書脈集》，因此而相識而結緣。特贈毛邊本以留念。」

龔明德說過：「別小瞧這種『秀才人情』，在我們這類愛書人——我稱為『書愛家』——心目中，這互相送好書，簡直就是過節日。」朋友的贈書，我在讀後都會在專架珍藏，珍藏的不止是一本書，還有一份情感。

明祥因追慕大詩人陶潛，便在上大學時取筆名小潛，齋名潛廬。明祥不願介入由文人、偽文人一個個小圈子組成的所謂的文壇。工作時間做學問，業餘時間潛心讀書寫作，自得其樂。文人宜散不宜聚，文學創作是一種純個體的行為，很難想像，組織沙龍，整天聚在一起，交杯換盞，虛偽地相互吹捧，像傳銷者一樣臆造一個個虛無目標的人，能寫出思想深刻的作品來。明祥起步雖晚，厚積薄發，兩本書話集的出版，奠定了他步入中國書話界的基礎。

從「潛廬書話」上可以看出明祥閱讀範圍的寬泛，《易經》、《詩經》、《陶淵明集》、《共產黨宣言》、《毛澤東選集》等都在他的研讀之列；從「潛廬書簡」知明祥廣交師友，與流沙河、憶明珠、張中行、范用、王學仲、姜德明、龔明德、林斤瀾等都有文字往來。

借用書友自牧兄的話說：「讀書醫俗，藏書養趣，書籍使他沉靜，也使他開始『富有』。作為心繫書道的文明詩友，我為他的驕人成績而欣慰，同時也對他的文學前程持樂觀態度。」

二〇〇五年六月五日於秋緣齋

【原載二〇〇六年三月中國文史出版社《齊魯英才》】

畫家梁波

梁波是在一個極平常的聚會中走進了我的視野的。

梁波出生在徂徠山下，在以「徂徠之松」而聞名於世的徂徠山的懷抱裏，他喝著竹溪六逸曾飲過的泉水，踏著詩仙李白曾走過的足跡，撫摸著北齊人的摩崖石刻，一天天長大了。徂徠山深厚的文化底蘊在他心裏積淀成了一幅幅絕美的圖畫。心裏裝滿了自然就會流露，沒有紙筆，他便用燒焦的樹枝在房前屋後塗鴉，春天的山花、夏天的溪流、秋天的楓葉、冬天的雪花，都被他一一記錄在鄰居的屋牆上。

他在房前屋後畫著，他在山崖上描著，他在雪地上摹著，一直畫進了大學的校門，描進了美術系的畫室，摹進了階梯教室。直到這時，他才知道原來用樹枝燒成的畫筆叫炭條。在這裏，他原來發表在房前屋後的那些簡單的線條又被賦予新的內涵，山綠了，水清了，草嫩了，花豔了，果美了，人活了……

大學畢業後他又畫進了一家中學教美術，他又把徂徠山畫進了每個學生的心裏……北京每有畫展，他都前去觀看，為了不影響工作，他星期六晚上坐火車，星期日早晨到北京看展，當天晚上再坐車返回。

在中國美術館的展廳裏，駐足沉思，眼裏看著，心裏畫著，這時的他心裏只有畫，忘卻了時間，忘卻了自我，直到工作人員下班，他才戀戀不捨地走出展廳，這時才記起自己還沒有吃飯，不過他並不覺得餓，各種流派、各種風格，比滿漢全席還豐盛，回家的路上仍覺得滿口餘香。

妻子說：「你整天去看畫展，什麼時候能讓人家展你的畫呢？」這句話使他心跳了許久。是呀，什麼時候能讓人家看到我的畫呢？在中國美術館展廳最偏僻的角落裏掛上我的一幅作品也行呀。已是專業畫家的他心理壓力很大，他想，要提高自己的水平，必須走出去，學習，充電。憑著一股倔勁，他來到了天津美院文化部重彩高級研究班進修，師從何家英、蔣采萍等名家，主攻重彩人物。經名師點撥，如醍醐灌頂，多年的鬱結全部打通，心中豁然開朗。一九九九年他的作品在中國美術館展出三次，作品連續參加全國性大展並獲大獎，其中作品《海棠‧海棠》獲中國美協舉辦的新世紀中國畫大展銀獎。作品被收入《世界華人書畫作品集》、《中國書畫精品集》、《中國畫三百家》、《世紀中國風情》等多部大型畫集。並被吸收為中國美術家協會會員。

已故的省文化廳副廳長孫永猛曾說過這樣一段話：「青年人外在要謙恭些再謙恭些，謙恭些才能得到周圍更多人的幫助，而且可以除卻許多麻煩；內心要狂放些再狂放些，不狂放些，沒有自信，是很難有大作為的。」梁波正是這種外在謙恭、內心狂放的人。

我的散文集《書緣》出版時，找他設計封面，他問我有什麼要求，我說：「古樸淡雅。」一幾天後他送來了封面的樣稿：一個古典的窗向外開著，窗前是一書几，上有一清花瓷瓶，中間是一翻開的書卷。看了這畫似乎讓人嗅到了一股淡淡的墨香，封面與書的內容正相吻合，一眼我就相中了。圖書出版後，得到了專家的首肯。後來我的幾個朋友出書，我都介紹他給設計了封面，每次他都極認真地去做。梁波成功了。在成績面前，他並沒有流露出半點的傲氣，他還是與往常一樣的說笑，與往常一樣誠懇的交友，與往常一樣勤奮的創作。給人的印象仍是樸實、豪爽，典型的山東大漢的風格。

時至今日，他仍在畫著、描著、摹著。但這時的他心裏裝著的不僅僅是徂徠山了，而是裝滿了整個世界，他的目標也不僅僅是在中國美術館的展廳裏掛上一幅自己的作品，他正在邁向更高的世界藝術殿堂。

二〇〇一年十一月二十七日於秋緣工作室

【原載二〇〇二年三月二十六日《泰山文化廣場》（山東）】

富國叔

富國是我老家的鄰居，大我四、五歲，按輩份我叫他叔。

富國叔小時極調皮，上五年級時，班裏二十五個學生，都是男生，他帶領幾個跟隨者，每人手裏提著一個很小的泥巴罐子，做尿罐，弄得教室裏腥臊難聞。老師批評他，他就笑。揍他，他還笑，他越笑老師越是生氣，揍得他眼裏滿是淚水了，他卻還是在笑，老師也拿他沒辦法。

他上中學時正是文革末期，學校管理混亂，一天，他領著幾個學生到蘆葦叢裏去玩，回來時兜裏裝滿了鳥蛋，扔得滿黑板上都是，黑板乾了，卻怎麼也寫不上字。一個教音樂的老師，叫他站到講臺上，一拳打了過去，他猛地一閃，那用足了勁的拳頭狠狠地打在了黑板上，血流了下來，他卻躲在一邊「哧哧」地笑。畢業後，回到了「大有作為的廣闊天地裏」，也鬧出了不少的笑話。

他自製了一隻土手槍，可以放火藥，經常帶在身上，很是威風。一次，他存在槍裏的火藥受了潮，槍打不響。他就把槍栓退下來，放在火爐裏燒得通紅，對著槍口就捅了進去，只聽「呼嗵」一聲，槍栓從他的手掌心穿了進去，勾住了一根筋，怎麼也拔不出來。他帶著槍栓，呲牙裂嘴地被人送進了醫院。

因為好玩，他身邊總是跟著一幫人。過年放鞭炮，他把鞭炮點著後很瀟灑地扔到空中，讓鞭炮在空中爆響，小孩們不敢這樣放，就把鞭炮給他放。有一種大拇指粗的鞭炮，叫「卡芯子」，爆炸力強，響聲也大，他把「卡芯子」放在一塊石頭上，點燃後轉身跑開，等了一會兒還沒有響，他就躡手躡腳地走過去，一伸頭，就有人喊：「響了！」話音未落，鞭炮就「砰」的一聲響了，他的眼睜不開了，幸虧離得遠點，否則，他的兩眼就危險了。有人說：「快點去找人用奶水沖。」正巧，鄰居家的一位嫂子正在哺乳期，按輩份她是富國叔的侄媳婦，富國叔不好意思，被我們簇擁著去了。後來我們便取笑他吃了侄媳婦的奶。

八十年代初期，他買了一架手提錄音機，也不知道他從哪兒弄來了當時最流行的迪斯可音樂和港臺歌曲，他家裏整天傳出「砰、砰——嚓，砰、砰——嚓」的音樂聲。那時人們聽慣了戲曲和民族歌曲，對這突如其來的西洋打擊樂很是聽不慣，但卻吸引了大批的年輕人，到他家裏去跟著唱。

媒人給富國叔介紹對象時，說女方長得「朱赤牙根，重眼皮」。我聽了覺得很神祕，老是想像著她的樣子，甚至比富國叔還急著要見到她，想看看「朱赤牙根，重眼皮」到底是什麼樣子。富國叔結婚後好幾年我還和嬸子開玩笑，叫她「朱赤牙根，重眼皮」。

富國叔愛玩，媳婦脾氣也好，所以他家裏從來就不斷人。誰沒有事，一出門就不由自主地往他家走，打牌閒聊，他的家就是一個標準的閒人俱樂部。他那小屋裏總是充滿了歡聲笑語。我離開老家後，也總是夢到他的那間小屋。

後來，富國叔調到一家煤礦場工作，擔任了中層幹部，搬家到城裏來住，房子大了，我不時去串門，可怎麼也找不到在老家時的那種感覺了。如今，富國叔明顯的老練了。每每說起話來就後悔當初上學時沒有好好學習，以致於開會時講個話，寫個總結都感到困難。

有段時間聽說要提拔他當副礦長，可等了好久又沒有消息了，我想也許是他的學歷耽誤了他吧。

二〇〇二年五月三日於秋緣工作室

【原載二〇〇二年六月十七日《新泰日報》（山東）】

海南六日

二〇〇五年四月二日

接到朋友的邀請，就訂了早晨八點去海口的機票。

為防止路上堵車，誤了班機，早晨六點就趕到了濟南國際機場。新機場剛剛建成投入使用，整個候機大廳都是鋼架結構，外型像一隻展翅飛翔的巨鳥，給人的感覺豪華氣派，只是大廳裏的花草樹木都是塑料的，與大廳極不和諧。

飛機在深圳機場降落，一下飛機，衣服就脫不及了，滿頭大汗的我接到一個朋友的電話，問在特區的感覺如何？我回答說，一個字——熱。

停留半小時後，飛機再次起飛，機艙裏的座位全填滿了。十二點半飛抵海口，當走出海口機場時，覺得天氣涼爽了許多。來接我們的洪民兄說，昨夜下了一場小雨。

第一次到海南，路邊的熱帶植物除了在北方花盆裏見過幾種外，其餘的都不認識。大街兩側有掛滿了果實的椰子樹、酷似啤酒瓶的酒瓶樹、開滿紅花的木棉樹、長滿鬍鬚的榕樹……洪民兄說，海南四季如春，夏季再熱，一陣雨過後就涼爽了，即使白天氣溫三十八度，晚上睡覺也要蓋被子。

海口古時是個荒島，是被貶官員流放之地。建國後屬廣東的一個地區。一九八八年海南建省並劃為特區後，才有了突飛猛進的發展。

從前只是在畫上見到過椰子，吃晚飯時，特意要了一個，服務小姐用刀砍好，留一小口，把吸管插入，用力一吸，一股鮮美的椰汁流入口中，沁人心脾。

洪民兄帶我們參觀海口夜景，高層建築鱗次櫛比，但這些在其他任何一個城市都能見到，我們感興趣的是與大陸不同的南國風光。到了海邊，一對對情侶旁若無人的擁吻……遠處連接海甸島的世紀大橋在彩燈的照射下，輝煌壯觀。

海口，一個充滿誘惑的海島城市！

二〇〇五年四月三日

上午乘車赴瓊中縣考察橡膠種植項目。海南是全國最大的橡膠生產基地，種植面積約五百五十萬畝，年產量近三十萬噸，產量與面積均佔全國約三分之二。目前，我國天然橡膠產量僅佔世界總產量的百分之七十，消費量卻佔世界消費總量的百分之二十，國內產量增長速度只有消費增速的三分之一。從二〇〇一年起，我國取代美國，成為世界第一大天然橡膠進口國。這一巨大的供求缺口還將隨著我國經濟的快速發展而不斷擴大。由於馬來西亞大幅度調整橡膠的種植面積，目前已減少三百五十多萬公頃，而且還在繼續減少。而國際上對天然橡膠的需求量年年都在增加，這對發展橡膠產業提供了極好的機遇。據介紹，投資橡膠產業，到第六年才有收益，以後每年遞增，是一個發展前景非常廣闊的項目。

當地一位鎮黨委副書記陪同我們考察，海南的鄉鎮黨委書記大都兼任鎮長，副書記兼任人大主任。不少領導都有自己的農場，這位副書記自己種植了一百畝檳榔。他的一個鎮五十多個村莊，只有六千餘人。海南的男人大多不幹活，一天到晚喝茶、賭博。我們在路上就看到到處是茶攤，一直到下午他們還在喝茶，生命都消耗在茶攤上了。那位副書記也說：「我的工作就是喝喝茶、打打麻將，沒什麼事做。」

在海南投資的大都是外地人，當地人除了一些領導有自己的農場外，他們是不會、不願也沒錢投資週期漫長的橡膠項目的。

在回海口的路上，我們還到一位臺灣人的農場參觀，他種植了一百畝龍眼。這位臺灣人親自挑著發出陣陣臭氣的肥水去澆灌果樹。吃住都在農場，那麼細心的管理，肯定會得到豐厚的回報。

在海南黎族人佔了很大的比例，在去瓊中的路上，路過屯昌縣時，發現人們就像趕會一樣湧向縣城。開車的司機是屯昌縣人，他說，今天是軍坡節，是當地最隆重的節日，這個節日相當於漢人的清明節，是祭奠祖先的節日。傳說古人遭難，落入海中，一位祖先為了引開鯊魚，用一鐵絲把腮幫串破，流出血引來了鯊魚，救了百姓。後人每次過節都表演用銅條串過兩腮的節目，據說因有神人相助，表演者不覺得痛，表演完後，用香灰按在傷口上，很快即能癒合。

我們從瓊中回到屯昌時，洪民兄說，該縣看守所的王所長是朋友，到他那兒坐坐。那所長的家正巧臨街，車到門口，只見門口支著一個煤氣灶，裏面有五六個大圓桌，幾十把椅子，我問，他家開飯店嗎？洪民兄說，不開。進去之後，才知道，當地的風俗是軍坡節這天，誰家的客人多，誰家最場面。這天，所有親戚朋友都來吃飯。為了招待客人，才買了圓桌和椅子。王所長說，過這個節花費比春節要大。我問他，中午招待了幾桌客人。他說：「十桌，晚上還有呢，還有親戚從三亞往這趕呢，晚上有皮影戲演出。」海南人也很豪爽，儘管我們剛剛吃過飯，王所長二話不說，讓人收拾桌子，支上火鍋，開始招待我們喝酒。

軍坡節也是當地青年對歌擇偶的日子，大多數人是在軍坡節上找的對象。我們在瓊中考察，回來晚了，沒能親眼目睹軍坡節的盛況，很是遺憾。但這次海南之行，也著實讓我們領略到了海南人的熱情好客。

二〇〇五年四月四日

我從海口地圖上看到了東坡書院的名字，決定今天去東坡書院看看。

蘇東坡當年遭貶，來到了荒夷之地——海南，也幸虧蘇東坡的到來，使海南多少有了一點文化底蘊。其實，東坡書院在儋州，當時蘇東坡謫居海南儋縣，三年半的時間，蘇東坡向荒島人民傳授當時中原昌盛的文化，致使儋州「書聲琅琅，弦歌四起」。他的學生姜唐佐成為海南歷史上第一個中舉者。此後，海南名登進士榜的有十二人。舊時海南有歌謠唱道：「誰說淪海斷地脈，朱崖從此破天荒」，意思指蘇東坡謫居海南傳布中原文化後，海南才出了進士。後人為紀念蘇東坡在儋州建立的「東坡祠」，明嘉靖二十七年（一五四八年）擴建，易名「東坡書院」。而海口的東坡書院是把五公祠和鄰近的東坡祠合在一起，後稱東坡書院的。五公祠始建於清光緒十五年（一八八九年），五公祠裏供奉的是被貶到海南的唐朝宰相李德裕、宋朝抗金英雄李綱、李興、胡至全和趙鼎五人。東坡書院不大，裏面的布置較為簡單，不能與內地的古典建築相比。

在書院的院子裏，見到了一種特殊的植物——菠蘿蜜，樹幹像法桐樹，果實像冬瓜一樣大小，菠蘿蜜不是結在樹梢上，而是結在樹幹上，從上到下，就像是用繩栓在樹上似的。我和石靈坐在菠蘿蜜樹前的石凳上拍照留念。

來到熱帶海洋世界公園，這兒門票是一百零一元。看了我們的記者證後，全部免票，結果只有我和石靈進去了，這個公園很大，旅遊項目也多，因朋友們都在公園門口的車裏等著，我倆也不忍心，只是在門口拍了幾張照片就出來了。

海口儘管是一個新興城市，但市內的道路卻像青島的路，沒有幾條正南正北的，三叉、五叉的路口到處都是。海口的高層建築多，路邊還有好多的爛尾樓，這是前些年海南泡沫經濟的產物。海南剛剛開放時，全國各地的人都湧進海南淘金，炒房產、炒地皮，最後全套在裏面。海口的房價比大陸要低得多，一般的每平方兩千元左右，海邊貴一些，要一萬元一平方，但在海邊買房的都是外地人，當地人說，在海邊住太潮濕，用木材裝修的房間不長時間就會發黴。

我們住的宇海溫泉賓館，是一家海軍招待所，乾淨利索，由於不是旅遊旺季，房價打折，和內地價格差不多。賓館有直接從地下溫泉裏抽上來的溫泉水，我們每天都多次沖涼。用溫泉水洗澡後，全身皮膚滑潤，非常舒服。

二〇〇五年四月五日　清明節

到達海南時，就收到了朋友的一條訊息：「找到海南的舊書店了嗎？買書太多坐飛機會超重的。」這是一個了解我的朋友，知道我有走到哪兒都要先找舊書店淘書的嗜好。

找了幾家報刊亭，連海南的《天涯》雜誌都沒買到，問了幾個老板都不知道海南有這個刊物。報刊亭裏都是一些時尚雜誌，偶然看到一本湖南教育出版社辦的《書屋》，買了下來。《書屋》是一份品位很高的讀書雜誌，前些年我曾訂閱過幾年，在海南見到倍感親切。

吃過晚飯，朋友帶我們到中華園去玩。中華園是海口最大的一個夜總會，內有幾百個包間，迪廳裏音樂震耳欲聾，我們來到隔壁的酒吧，舞臺上藝人正在演唱，舞臺四周一圈吧臺，吧臺裏女服務生穿著日本和服樣式的衣服，陪客人玩猜色子喝酒的遊戲。我們坐在旁邊看演出，一個女歌星唱了幾首歌，就換上了一位男藝人演奏薩克斯。看了一會兒，覺得無趣，便回了賓館。海南朋友阿柳驚訝地說：「有沒有搞錯呀，現在才十點鐘，海南人的夜生活才剛剛開始。」在海南，人們習慣了夜生活，凌晨一兩點鐘，大街上還是車水馬龍。

二〇〇五年四月六日

來海南幾日，大飽了眼福和口福。在海南見到了沒有見過、沒有聽說過的南國植物，沒有枯枝，沒有落葉，到處綠得讓人心醉。空氣溫暖濕潤。似乎隨便從空中落下一粒種子都能發芽生長。在北方花盆裏小心侍侯的一些植物，在海南漫山遍野都是。海南有四大名吃：文昌雞、嘉積鴨、和樂蟹和東山羊，這次品嘗到三種，只是嘉積鴨沒有吃到。在海南，無論在朋友家中還是在飯店，都喜歡火鍋。雞、魚、海鮮、青菜都是倒在火鍋裏煮，就連芹菜和蒜苗也是放在火鍋裏煮食。可能是品種的差異，在山東，蒜苗是絕對不能在火鍋裏煮的。調料也比較簡單——蒜末、辣椒和醬油。

在海南農村，很多人到山裏套野豬，有時是用陷阱逮野豬，在山裏挖個陷阱，放進一隻家養的母豬，把野豬引入，是最容易得手的辦法。逮住一隻野豬到飯店能買到兩千元。和海南朋友吃涮野豬肉，又長了見識，辨別野豬的辦法是看豬皮的毛孔，家豬一個毛孔長一根毛，而野豬一個毛孔長三根毛。

海南人和內陸人不是一個語系，我和海南的阿柳開玩笑說，你們這兒真是「鳥語花香」。在海南學會了兩句話，倒茶，說「邀呆！」，謝謝，說「嗲嗲！」喝幾口茶，就大聲對小姐說：「邀呆！」小姐馬上過來倒茶，為了學這句話，還沒吃飯就喝飽了。

在海南的酒桌上沒有內陸那樣多虛偽的客套，我們和一位政府官員吃飯，我們把主陪、主賓和副主賓的位置留了出來，當地的一位司機上去就坐在了副主賓的位置，那位官員帶著一個幾歲的孩子，那小孩坐在了主陪的位子，官員坐在了主賓的位子。洪民兄給我們解釋說，在海南根本不在乎這些，哪兒合適坐哪兒。喝酒也很隨便，客人說不喝了，主人馬上就會端上米飯。在這樣的場合吃飯輕鬆多了。

二〇〇五年四月七日

下午一點，從海口乘坐飛機，結束了六天的海南之行。

海南有個火山口公園，因時間關係，我們沒去參觀。在海南火山石隨處可見，我們在從瓊中返回海口的途中，看到路邊有好多火山石，就讓司機停車，由於天黑，也無法挑揀，隨便揀了兩塊帶回了賓館。火山石是火山爆發時流出的岩漿凝固後形成的，上面全是蜂窩狀，像鐵塊一樣沉。原想上飛機時可能不讓帶石頭，也沒有放入行李箱，用一塑料袋提著，如果不讓帶上飛機，就丟在機場。檢票時，工作人員說可以帶。回家後，一塊送給了慶慧兄，另一塊擺在了客廳最顯眼的地方。

【原載二○○七年二月中國文史出版社《秋緣齋書事》】

狗跑泉尋古

《蒙陰縣誌》（清光緒二十四年版）和《沂源縣誌》都記載了一個美麗的傳說故事。在沂源縣西南十五公里處的溝泉鄉溝泉村（原屬蒙陰縣），村邊有一名泉——狗跑泉。鄉名村名因泉而得名，叫狗跑泉，後改為溝泉。

相傳，有一姓王的老漢，酷愛養狗，外出串門也必帶愛犬。一天，王老漢帶兩條愛犬到外村走親戚，飲酒大醉，在回家的路上，醉臥草叢，鼾然大睡，兩條愛犬一左一右守護著主人。半夜時分，忽生野火，火浪向王老漢逼近，兩條愛犬驚恐萬分，奔跑狂叫，怎奈老漢爛醉如泥，沉睡不醒。兩條狗急得在一邊亂刨亂扒，竟然扒出一個土坑，有水從坑中汩汩冒出，兩條狗就輪翻跳進水坑，以身沾水，滾濕老漢身邊的草地，循環往復，奔跑不息。

天亮後，王老漢醒來，見四周土地被野火燒得一片焦黑，尚有火星點點，而自己身上和身邊的野草卻濕漉漉的，兩條愛犬滿身泥水，累死在水坑邊。王老漢老淚橫流，買來棺木把兩條愛犬厚葬於泉邊，並為泉取名狗跑泉。狗跑泉泉水日夜不息越流越旺，成了沂河的源頭之一。有了泉水，住戶越來越多，逐漸形成村落，取名狗跑泉村。村民集資在泉邊建起了一座王公廟，塑有王公像，兩邊塑有黑白二犬，俯臥左右。

近日，外出路過沂源縣，就想，回來時一定要找到溝泉村，看一看狗跑泉是否還有，附近有什麼遺跡。

當我們在村人的指點下找到狗跑泉時，已是晚上八點多鐘。天下著小雨，四周朦朦朧朧，原來這泉就在離公路七八十米的地方，路邊有一片荷塘，因天太暗，只見大片的荷葉，看不清有無荷花。穿過不過尺餘的小路，在一棵古柏前，終於看到了仰慕已久的古泉，用手電筒照著，見泉的四壁被人用石塊砌起，泉水清澈透底，幾近盈口。正巧有一村人路過，我問：「你們還喝這泉水嗎？」他說：「喝，我們祖祖輩輩都喝這水，你們看看吧，這可是真正的古跡。」

泉邊有一石碑，藉著手電微弱的光線，我們辨認著上面斑駁的字跡，碑的中間書有「古跡狗跑泉」幾個大字，明代萬曆年間蒙陰縣令董嘉謨立，碑的背面有他親撰的碑文：「世傳王公善畜犬，每出必與俱。當其醉而歸也，臥草中，犬旁守之，若從者然。俄而火起，延及臥所，犬邉邉焉，旋走叫跑，不遺餘力。傾之，泉出地中，浸淫旁溢，火竟滅，王公得無恙。及起視犬，則力渴斃矣。噫嘻！犬一畜耳，猶能捐生救主，俾王公竟免於焦額，矧伊人斯所處，當如何也？乃有折圭擔爵而弗思忠，承箕襲裘而罔知孝，反而背義，魚肉同胞，甚者以德為仇，落井下石，視此犬有餘愧矣！余故表而出之，一以闡幽光，一以懲薄俗云。」

碑文寓意深刻，教人忠，教人孝，教人仁，教人善。試想，那些為一己之私利而欺師滅祖，出賣朋友者竟不如一犬矣！

二〇〇一年七月五日於秋緣工作室

【原載二〇〇一年十一月六日《齊魯晚報》（山東）】

十笏園的大門緊閉著

久聞濰坊十笏園以小著稱於世，早就有心去觀賞一番，看一看十笏園，究竟有多小，有何與眾不同之處。整日忙於事務，一直未能成行。振川兄邀我去濰坊，同遊十笏園，便欣然前往。

車到濰坊已近中午，在濰坊朋友的盛情款待下吃過午飯，便匆匆打的去了十笏園。

十笏園也確實太小了，小得就連出租車司機也不知道在哪兒。來到一條窄小的街上，兩邊都是經營文房四寶、古玩字畫的店鋪。司機只是說就在附近，可整條街走完了也未找到。振川兄問司機：「你們幹出租的，怎麼還不知道十笏園在哪兒？」司機說：「現在的人誰還去這種地方，這兒的舞廳、飯店我都知道！」車開到另一條街上，司機下車去問過之後，又回到了那條古董街。我在一個極普通的大門旁的牆上發現了「十笏園」幾個字，忙叫司機停下，下車一問，這個門口掛有「濰坊市博物館」牌子的正是十笏園。

十笏園的大門緊閉著。

我們前去敲門，門開了一條小縫兒，有聲音從裏面傳來：「今天開會，不開放。」

我們忙說，是外地來的，跑了近五百里路就是為了看十笏園來的。

「不行！」大門「咣」的一聲關上了。

任我們如何敲打再也不開。

來到隔壁一家玉器店裏，店主是一位姑娘，我見櫃臺上名片盒裏的名片上寫的是郭玲玲，便問：「你也姓郭嗎？」

「是呀。」她說。

「我們是當家子哩。」我忙遞上我的名片。

看了我的名片，她熱情地為我們讓坐。我告訴她我們來濰坊的目的，讓她去說一說，看看能否通融一下，讓我們進去看看。

她去敲開門，與看門的商量了一下，回來說：「還是不行。」

我們只好在十笏園的大門口拍了照片，帶著遺憾離開了濰坊。

十笏園沒看到，卻越發激起了我對十笏園的興趣。回到家，我到書房裏查找了有關十笏園的資料，在故紙堆裏過了一下遊園癮。

十笏園坐落在濰坊市濰城區胡家牌坊街，是一所以「小」著稱、別具風格的晚清園林建築。這原是明代嘉靖年間刑部侍郎胡邦佐的故宅。清代陳北鸞（清順治年間任彰德知府）、郭熊飛（清道光年間任直隸布政吏）也曾先後在此住過。後被濰縣首富丁善寶以重金購得，於一八八五年（清光緒十一年）改建為私人花園。

丁善寶（一八四一～一八八七）字黻臣，號六齋，清咸豐時恩賞舉人。性好詩，常邀約友好在園中飲酒賦詩以為樂，後有《六齋詩存》傳世。

「笏」為古時大臣上朝時拿著的狹長形手板，多用玉、象牙或竹片製成。據梁《高僧傳》載：「維摩居士石室，以手板縱橫量之，得十笏。」此處以「十笏」命名，是形容庭園之小。丁善寶在他的《十笏園記》中也做了解釋：「以其小而易就也，署其名曰十笏園，亦以其小而名之也。」園面積僅兩千平方米，卻有假山、池塘、曲橋、迴廊、亭榭等多種有代表性的古典建築和齋館、客室、書房等房屋六十七間。布局得當，安排合理，雖覺狹小，但不擁擠。

園中存有上至隋唐，下限明清的各種碑碣刻石，有著名書畫家董其昌、文徵明等人的手跡。園中還闢有鄭板橋作品專院，院內石碑林立，皆鄭氏手跡石刻。

就這樣，我在書房的資料堆裏粗粗地遊覽了十笏園。

為了「開會」，而把遊客拒之門外，實在令人費解。還是十笏園對面一家風箏店的女老板一語道出了其中奧妙：「他們都是吃官飯的，有沒有遊客與他們沒關係，往往是遊客正往裏進著，他們就說下班了，往外撐。」

如今，不知十笏園的大門敞開了沒有？

二〇〇一年七月六日於泰山文化傳播中心

【原載二〇〇一年九月二日《新泰日報》（山東）】

追尋生命中的第二個春天

妻說：「你四十了。」我真的四十了嗎？

我不敢相信我有四十歲，小時候覺得人到了四十歲已經很老了，要不人們怎麼常說「人過四十天過晌」。我還總覺得自己沒有長大，怎麼就四十了呢？

不管願不願意，我確實已經四十歲了。確切地說，從今天起我四十歲了。從日漸稀疏的頭髮上，從每天定時收割、翌日清晨又同太陽一道頑強地躍出地平線的鬍鬚上，從隆起的啤酒肚上，也證明我已年輕不再了。

四十年的光陰，在翻動書頁的瞬間悄然消逝了。

四十年的歲月與書相伴的日子佔了大半，出生在教師之家的我注定一生與書結緣。剛識字就買連環畫，大了買書，書桌上放滿了，就做了小書架，小書架上放不下了，又添了書櫥，書櫥滿了，再添書架……直到幾天前，把舊書架淘汰，全部換上了及至房頂的高檔書架，書房裏放不下，又佔了客廳一面牆。每天回到家就一頭鑽進書房，即使不讀書，也靜靜地坐在那兒，默默地與書對視。向孫犁請教書衣文，給魯迅和梁實秋調解筆墨官司，聽孤獨的盧梭訴說內心的苦痛，與蒲留仙探討女狐狸精與大男子主義……只要嗅到書頁間散發出的紙張與油墨的撲鼻的清香，就欣喜若狂。夏丏尊老前輩曾把自己比作古時的皇帝，而把書架上的書比作列屋而居的宮女，這個比喻非常形象。每個藏書家都像貪婪的皇帝，只要見到有姿色的美女，就千方百計弄到手，藏到後宮。儘管有些宮女一輩子也不會得到皇帝的寵幸。有些書明知道不一定要讀，但還是鬼使神差的買回家。妻說我是書呆子，我承認自己是書蟲子，但不是書呆子。在讀書的暇間，也時而瞭望書房窗外的風景。

在這個世界上只有苦難沒有人妒忌，本想做個與世無爭的人，為了生存，為了自己喜愛的事業，做了些事，馬上招來了各種大大小小的麻煩，雖然沒有像薄伽丘那樣被「那一陣陣無情的狂風，颳得我天昏地黑，颳得我站不住腳跟——那尖刻的毒牙把我咬得遍體鱗傷」，烏雲散去之後，心靈上卻留下了永遠無法抹去的疤痕。人想做一番事業，上帝就會製造各種困難來考驗你的意志和心理承受能力，難度會隨著你目標的增大而增大，只有堅韌不拔，歷經磨難而癡心不改的人，才能領到上帝簽發的走向成功殿堂的通行證。

蘇東坡說：「人到中年萬事休」，這話是他一時的牢騷之言，他活了六十四歲，其實，他的很多著名作品都是在晚年寫出來的。我非常喜愛董橋的文字，他在〈中年是下午茶〉中寫道：「中年是看不厭臺靜農的字，看不上畢加索的畫的年齡」；「中年是吻女人額頭，不是吻女人嘴唇的年齡」；「中年是雜念越想越長，文章越寫越短的年齡」；中年是「攪一杯往事，切一塊鄉愁，榨幾滴希望」的下午茶。馬上就要步入中年的行列了，但我還無意去攪動這杯下午茶。

孔子曰：「四十不惑。」我似乎愧對這個年齡，不威嚴、不穩健、不圓滑、不世故，還時時充滿激情。有謙謙君子的矜持，也有桀驁不馴的瀟灑。書給了我思想，書給了我智慧，也給了我友情和愛。書使我驕傲、使我寬容，也使我具備了傲視醜惡的資本。

我的事業僅僅是開始。

我的生活僅僅是開始。

二〇〇四年十月十四日於秋緣齋

秋聲夜話

靈魂的對話

空蕩的書房裏，只有哲人的身影，還有我孤寂的肉體和飄蕩的靈魂。

書架上，《文明的開端》打開了，美國作家房龍走了出來，正遇到我游離的目光。

「您好，房龍先生，我非常喜歡您的《寬容》一書，莊子說過：『常寬容於物，不削於人。』但這個世界上似乎沒有存在過寬容。對此，您如何解釋？」

房龍很隨和地坐在了我對面的沙發上。

「很高興您讀了我的書，寬容是一種高尚的品德，擁有它的只能是博愛的人。不寬容的根子就在於自詡思維的正確，在自以為唯一正確和永遠正確的人看來，寬容就是寬容錯誤和邪惡。有史以來，所有的不寬容都是以『上帝』或『真理』的名義在向『謬誤』開戰，都認為真理是唯一的，而且只有自己掌握了它。」房龍的聲音似乎來自另一個世界。

「您寫過《漫話聖經》一書，您是不是以為耶穌就是世界上最寬容的人？」「是的。耶穌以身殉道，提倡愛人如己，四海之內皆兄弟，突破了猶太教的狹隘與偏執。他以理解、關愛和寬容來取代仇恨和迫害。」

房中閃過一道光環，耶穌從《漫話聖經》裏走了出來。

「下午好，孩子們！」

「您好！耶穌先生，我正巧有幾個問題要向您請教。」

「你先等一下，先讓我向房龍先生致意吧，感謝你，房龍先生。是你讓更多的人了解了《聖經》。」耶穌對房龍施了摩頂禮之後，挨著房龍坐了下來。

「我時時為您博愛的精神所感動，傳播文明是作家的職責。」房龍說。

「房龍先生，我看了您寫的《漫話聖經》一書，對猶太民族的發展史有了大體的了解。猶太人經過幾百年的遊蕩漂泊，在摩西和約書亞的率領下終於征服了迦南地，並在大衛的領導下把幾個遊牧部落統一成了猶太王國。猶太人前進的每一步，似乎都充滿了血腥的戰爭。」我說。

「幾乎每一個國家在早期定居時代，都經歷過流血與苦難。所以，不能只譴責猶太人。因為我們的祖先也曾犯過類似的錯誤，並非人類某個民族所獨有。」房龍說。

「亞伯拉罕遷入新領地時，只為自己搭個帳篷，睡在幾塊地氈上，而所羅門卻用了二十年的時間建造宮殿和聖殿。對此，您怎麼看？」

「正因為這樣，這個年輕的猶太國家，才有史以來第一次引起了各國的注意，猶太人開始走向國際舞臺。各國使臣來訪，猶太商人也在埃及地中海沿岸及各大城市都設立了辦事處。貿易空前地繁榮，使猶太王國進入了一個偉大的時代。」房龍說。

「所羅門娶了很多外國公主為妻，像埃及人、摩押人、赫人、以東人等。她們都保留了本國的宗教信仰，所羅門允許她們建自己的神廟，這使嚴格信奉您的臣民對所羅門極為不滿，在他死後不久，就爆發了內戰。正是所羅門對異教徒的寬容，才導致了猶太王國分裂為以色列國和猶大國。耶穌先生，這是不是寬容的錯誤？」我問道。

「一個國家，其寬容程度取決於大多數居民的個性自由與獨立思考程度。在歷史上，貿易所帶來的平等和交流往往使這些地區或國家的人民最容易接受寬容的道理。寬容作為一個政治詞彙，當然首先是指官方的寬容，但是，公眾和個人的寬容是官方寬容的社會基礎，很難想像由寬容的個人所組成的寬容的大眾會產生或容忍一個不寬容的官方。一個寬容的官方也不可能存在於一個不寬容的大眾之中。說到底，提高國民素質，是建立一個寬容社會的根本。當時的猶太人極力排斥異教徒。在那種情況下，所羅門的寬容自然會起到相反的效果。」耶穌說。

「猶太王國分裂後，兩個小國互相仇恨、征戰，直到被強大的鄰國所吞併。儘管後來再次分別成為獨立的以色列和一直為獨立而奮鬥的巴勒斯坦，但幾千年來，兩國戰爭一直未斷，給這兩個國家的人民帶來了沉重的災難。耶穌先生，他們都是亞伯拉罕的子孫，您為什麼不用您的神力來化解這兩個兄弟民族之間的恩怨呢？」

「世界上任何事情的存在都是有它的道理的，隨著時間的推移，這一切都會淡化而趨向永恆。」

「可是戰爭會毀滅這個世界。」

「人類的進程就是在不斷的毀滅中發展進步的，戰爭的最終目的是為了和平。」

「耶穌先生，如果法庭把當年出賣您的猶大判以極刑，你會如何想？」

「我會請求法官寬恕他。」

「可他不顧師徒之情，為了三十個銀幣，就出賣了您。」

「人們都應該學會寬容、理解和關愛，因為那是善良的、美好的，自然也是神聖的。我們應該寬容一切人。」

「包括您的敵人？」

「是的。你們的《論語》不也說過『夫子之道，忠恕而已矣』嗎？」

「可我也記得，《論語》上也有『惟仁者能好人，能惡人』。」我說。

「……」

耶穌陷入了沉思之中。

房龍尷尬地聳了聳肩。

他們的身影漸漸地隱去……

「耶穌先生，房龍先生，你們在哪兒？」我大聲喊。

沒有回音。

房間裏，只有滿架的圖書和翻開的書頁……

二〇〇一年九月十四日於泰山文化傳播中心

【原載二〇〇二年一月北京燕山出版社《心靈牧歌》】

茶客說茶

我不善飲酒、吸煙，唯獨嗜茶，這大概是受外祖母的影響。我是在外祖母的看護下長大的。外祖母每天上午都要喝茶，那是幾十年如一日，雷打不動的項目。每當外祖母喝茶時，我便搬個小板凳，坐在她身邊，聽她拉呱。偶爾我也端起外祖母的茶碗喝一口，滿嘴苦澀，時間長了，居然也從苦澀中品出了芳香。

我正式喝茶是在參加工作以後。那時我在一家中學工作，上班第一件事，便是提開水泡茶。好茶消費不起，便買三級茉莉，開水一沖，清香四溢，偶見一兩朵茉莉花上浮下泛，心中甚為得意。喝茶既明目又爽心，我的精神因之格外煥發。我有晚上看書、寫作的習慣，每當渾身困乏，感到疲勞時，喝上一杯釅茶，疲勞便逐漸消失，精神為之一振，怪不得人說，酒壯英雄膽量，茶助文人文章。

飲茶的習俗在我國早已有之，漢代的典籍中就有「烹茶盡具」的記載。唐代陸羽著《茶經》

三卷行於世，而被尊為「茶聖」，後世賣茶人將陸羽作為茶神供奉於茶社之中。到了宋代，便出現了茶戶、茶市、茶坊。自此以後，我國飲茶風尚長盛不衰，成了全民族的生活習慣。

茶在製作過程中逐漸形成了綠茶、紅茶、花茶、烏龍茶、白茶、緊壓茶六大種類，同時在煎煮品飲的過程中形成了種種茶俗。各個民族還根據自己的風俗習慣配製出了各種茶，如藏族的酥油茶、蒙古族的奶茶、侗族的油茶、彝族的罐罐茶、土家族的甜酒茶、回族的麥茶、瑤族的蟲茶等等。

說到飲茶習慣，以廣東潮州的工夫茶最為講究。飲工夫茶茶壺以宜興紫砂陶壺為上品，茶杯以白瓷上釉，潔白透明為佳。一般一壺三杯，有的壺小如拳頭，杯小似核桃。泡茶用水最好是泉水、井水，茶葉一般不用紅茶、綠茶，而以福建武夷鐵觀音為上乘。

工夫茶的泡製，有一套「高沖低灑、括沫淋蓋、燒杯熱罐、澄清濾歹」的泡製習俗。待水燒開後，燙洗茶具，而且要喝一遍燙洗一遍。放好茶葉，高沖低斟。斟茶時不能一杯斟滿再斟一杯，而要按杯多少來回輪斟，潮州人俗稱「關公巡城」。接著「韓信點兵」，就是把壺內剩茶一滴滴地均勻滴到各個杯裏，以免泡得太久，下次沖時留下苦澀味。

飲工夫茶不能性急，一般先敬賓客尊長，如在座三人以上，那麼只能三人先喝，其他人只好等到下一輪再喝。這樣泡上三四輪，再加茶葉。喝工夫茶一坐就是半天，也確實太費工夫。

我非常羨慕古人的飲茶方式：高山流水長松古檜，三五文人擁茶而坐，激揚文字。唐代詩人盧仝在《走筆謝孟諫議寄新茶》中寫道：「一碗喉吻潤，兩碗破孤悶。三碗搜枯腸，唯有文字五千卷。四碗發輕汗，平生不平事，盡向毛孔散。五碗肌骨清，六碗通仙靈。七碗吃不得也，唯覺兩腋習習清風生。蓬萊山在何處？玉川子乘此清風欲歸來。」茶道達到了妙不可言的精神境界。

八十年代初，在新汶劇院東側二樓上有一家茶館，那時，我每星期都要去新汶文化館圖書室借書，借到書後便到茶館裏，找一張臨街的桌子，花兩角錢買一壺茶，和朋友品茗閒聊。如果是一個人，便邊喝茶邊讀書，那真是一種享受。現在，茶館早已被商場取代了，而大城市裏開設的茶樓都屬於高消費，茶樓成了一般市民不敢問津的地方了。

平時只知道喝茶，而茶葉是怎麼生產的卻沒見過。去年夏天，我們一行四人驅車來到了位於徂徠山的大官莊茶場，在李白題字的獨秀峰下，有個三十畝的茶園，我們參觀了採茶、殺青、揉撚、烘乾等整個製茶過程。

茶場主人給我們每人泡了一杯「旗槍茶」，當那濃如蜜、香沁鼻的茶水緩緩入口時，真令人爽心愜意，恨不得連茶葉也吃掉。我問茶場主人為什麼叫旗槍茶，茶場主人指著我杯中的茶葉解釋說：「旗槍茶是用茶尖做成的，採的茶葉只有一個茶尖和一片嫩葉，葉像旗，尖像槍，因此叫旗槍茶。這種茶葉在夏季賣三百元一斤，而春季生產的旗槍茶要賣到一千元一斤呢。」品著香茗，我想起了唐代詩人元稹的一首饒有趣味的詠茶寶塔詩：

茶
香味，嫩芽。
慕詩客，愛僧家。
碾雕白玉，羅織紅紗。
銚煎黃蕊色，碗轉曲塵花。
夜後邀陪明月，晨前命對朝霞。
洗盡古今人不倦，將如醉前豈堪誇。

這首寶塔詩首句為一「茶」字，實際是個題目，以後每兩句為一組，恰似一副副對仗工整的對聯，且寓意深刻，一韻到底，從茶的形態、烹製、用具到飲茶後的清心，依次寫來，由上至下，如從山頂往下走，越走越寬廣，意義越來越深刻。

一九九八年十月二十六日於泰山書社

【原載二〇〇二年第二期《黃河詩報》（山東）】

朋友

曾讀一幅畫，兩老翁相對盤腿而坐，一位手抱茶壺，一位手持芭蕉扇，昏昏欲睡，兩人中間桌上擺一象棋殘局。圖上方有題跋云：「相見亦無事，不來常憶君。」短短兩句話把兩個老朋友的友誼活脫脫地勾勒出來，使整幅畫活了。

《辭源》對「朋友」的辭條解釋說，同師為朋，同志為友，亦泛稱相交好的人。有些酒肉朋友，經常聚在一起稱兄道弟，一旦其中的一個生活境遇或政治地位發生什麼變故，再次見到朋友就會形同路人。清代文學家張岱，祖上都是高官，他年少時也是紈綺子弟，整天吃喝嫖賭，朋友們前呼後擁，很是威風。但隨著明朝的滅亡，張岱的家族也隨之敗落。「故舊見之便「如同毒蛇猛獸，愕室不敢與接」了。

也有些人在貧賤相交之時，也曾立下「苟富貴，無相忘」的誓言，一旦步入仕途，便換了嘴臉。並以曾與貧寒之士相交為恥。在上司面前自然露出一副奴顏婢膝、搖尾乞憐的樣子。而面對昔日的朋友卻不由自主地打起官腔，滿臉傲然神色。

還有一種人在與人相交之時，就抱有一定的目的。為了得到你的幫助，他會找到世上所有美好的語言去讚美你、恭維你、迎合你，對你的所有話語都點頭稱是，在你面前表現出極虔誠的樣子，洗耳聆聽你的教誨。其實，在他只是把你當作一個跳板、一塊墊腳石，當他利用你達到了自己的目的，你對他來說再無利用價值的時候，他就不再掩飾自己，就會露出猙獰面目，重新上演一出《東郭先生和狼》的鬧劇。

人的一生遇到的較大的災難，往往是因交友不慎所致。

什麼是真正的朋友？人們可以從《羊角哀捨命全交》、《俞伯牙摔琴謝知音》的故事裏得到某些啟示。

其實，朋友之間也不一定要經常聚在一起。我有幾個朋友，十幾年沒有見面，且沒有任何聯繫，但彼此之間都一直在關注著對方，從報刊上看到了朋友的作品，從別人那裏聽到朋友的訊息，都為之高興、為之自豪。真正的朋友像故鄉，可以幾年不回去，但它總在那兒，無論你什麼時候回去，它都可以用月光的柔情，去撫平你心靈的創傷。

當你取得了一點微小的成績，在眾人的一片讚美聲中飄飄然時，有一種聲音會使你幡然醒悟。發出這種聲音的便是你的朋友了。

真正的朋友是一種力量，曾聽一個作家背過這樣一句詩：「背陰處，靠回憶朋友的樣子來取暖。」由此可見，友情對人們是多麼地重要。

一個人身處逆境時，朋友的一個眼神，或是在肩頭上那麼輕輕地一拍，都會激發起鬥志。時常被這種友情感動著，總感到在我的生命裏有一些人在牽掛著我，我想這些人就是朋友了。在我的人生路上，不斷給我激勵，在我遇到困難時，給我戰勝困難的信心，而更多的時候，是我信念的支撐。有朋友的日子真好，走起路來心裏都覺得踏實。不管人生的目標有多大，追求的道路有多遠，有朋友就有力量。

人的朋友圈往往會隨著年齡的增長、地位的變化、生活的變遷，而不斷地變化著。有些朋友漸漸地被時間老人從通訊錄中剔了出去，像淘金一樣，經過歲月的滌蕩，一些污泥、沉渣逐步被沖洗掉，剩下的就是金子了。

二〇〇一年十一月十三日於秋緣工作室

【原載二〇〇八年五月安徽少年兒童出版社《一起去尋找週末的時光》】

老師

師者，傳道、授業、解惑也。老師的行為會對學生的身心健康起著關鍵的作用。品德高尚的老師，會讓學生受益終生；如果遇到一個品行低下的老師，那真是學生的不幸了。

我上高中時，學校離家很遠，每天需要坐公車去上學，很不方便。我的班主任是一位漂亮文靜的女老師，一天，她對我說，你在這裏上學離家太遠了，我讓人給你轉到礦務局一中吧。礦務局一中離我家只有幾十米，到那兒上學正是我夢寐以求的。老師的哥哥在礦務局任職，在我還沒來得及說謝的時候，她已給我辦妥了轉學的手續。

來到了新的學校，教導處的老師把我領到了高一一班的教室。班主任是一個又高又瘦的人，也是一個既吝嗇而又刻薄的人。

我剛來沒有課本，去找他要，他突然惡狠狠地說：「誰讓你來的你去找誰要。」說完他轉身走了，只剩下我呆呆地站在那兒。

後來，我才聽說是學校沒經過他的同意，就把我放到他的班裏。他有火不敢對學校領導發，卻發到我的身上。從那以後，直到他不再教我，他沒有給我一個好的臉色。我也再沒有和他說過一句話。

真不明白，這樣一個心胸狹窄的小人怎麼會當了老師呢？即便是我的錯誤，他也不應該對我那樣，何況我是無辜的。他的行為已經玷污了「人類靈魂的工程師」這聖潔的稱號。從那以後我開始鄙視他、看不起他。

那年，這家學校沒有招新生，由留級生重組了兩個班。因為他們都已學過一遍，因此教學進度很快，我轉學來時，他們已學了很多，我被拉下了一大截。自從看到「瘦高個」的白眼，我便暗下決心，一定學好，不給為我轉學的人丟臉。

學校放了學，我就為自己補課。那段時間，除了吃飯、睡覺，我把全部精力都放在了學上。一天下午，剛考完數學，走出教室，邊走邊想考試的內容，走著走著，「砰」的一聲撞到一棵歪脖的梧桐樹上，我四周看了一下，見沒人看見，才用手去揉摸撞疼了的頭。原來聽說過一些名人用麵包蘸著墨汁吃，煮雞蛋時把懷錶放進鍋裏等小故事，如果把我撞樹的事放在哪個名人身上，說不定又會演繹出一段佳話。

用了不到一個學期的時間，把所有的功課全部趕了上來，那位「瘦高個」也不得不刮目相看，儘管他仍舊是小肚雞腸，嘴上不說什麼。

高中期間，我的兩位班主任形成了鮮明的對比，「瘦高個」給我的只是刻薄、小氣，使我過早地認識到了社會的複雜性。而那位女老師，留給我的是善良、博愛，中國人的傳統美德在她身上充分體現出來，我從她身上學會了怎樣善待朋友、善待人生。

一看到「瘦高個」就自然地想到我那位女老師，她雖然只教了我十來天的時間，卻給我留下了很深的印象，我沒有求她為我做什麼，她卻在我不知道的情況下幫助了我，而我至今不知道她的名字。我上高中時十五歲，竟笨得連道謝的話也不會說。後來，聽說她調到濟南去了，我再也沒有見過她。

二十年過去了，她卻時常出現在我的腦海裏，我真想親口對她說一聲：「老師，謝謝您！」

二〇〇一年十月一日國慶仲秋夜於平陽北郭

關於作家

作家之所以讓人尊敬，是因為作家具有精神和靈魂的內在潛質。在文學創作這條路上，許多人在艱難地跋涉著。

寫作讓作家走出了自己生活的小圈子，融入了社會的大環境，在走向社會認知社會的同時，也讓社會接納認識了自己。

作家寫作大都是在一個特定的環境裏完成的。作家每時每刻都在積累著生活，當寫作素材越積越多時，就有一種不吐不快的感覺，便產生了創作的衝動，一個個精美的故事，就從筆端傾洩到紙上，洋洋灑灑數萬言。當作家用疲憊的目光看著自己的作品時，就像母親看著自己剛生產的嬰兒一樣，那種興奮和快感是他人所無法體會到的。

作家把作品看作自己的孩子，當作品被一些素質較低的編輯連砍帶削，搞得體無完膚，特別是作家自以為出彩的段落被刪掉，往往會跌腳捶胸。因此，作家寧願不發表也不願讓人刪改自己的作品。

作家活得最瀟脫、最浪漫。一個朋友的朋友極有文采，現居京城，靠賣文為生，不諳世故，常常衣食無著。一日，他去報社送稿，從兜裏掏出一個蘋果送給一位女編輯，說：「姐，我沒錢了，就買了一個蘋果給你。」把那女編輯感動得幾乎掉淚。

三五文人相聚，縱酒高歌，侃文學、聊人生、說女人，把太陽喝進西山，晚上寫作，又把太陽寫出東海。作家的早晨往往是從中午開始的。

作家的不幸就是誤入仕途。自古以來成大事者都是修煉到黑而無色，厚而無行的最高境界。而作家只是憑一腔真誠去做事，全然不知「空、貢、衝、捧、恐、送」六字求官真言，又有狂放不羈的性格，遲早會被暗箭傷害，而落得個被流放的下場。

孫犁說，達官、貴人、富商，大賈都不會成為作家。但如果他們失敗了，還是可以寫出好作品的。文人窮，窮文人，自古如此。蒲松齡一輩子窮困潦倒，巴爾扎克一生寫作為還債，現今作家成為大款的也寥寥無幾。如果作家把寫作的勁頭、精神、時間都放在經商做生意上，靠作家的智商，一定會發大財。但作家拒絕平庸，拒絕世俗的誘惑，心甘情願地埋頭寫作。社會對作家有時也不公平，一個作家耗費半生的心血出本書，有的也就只印兩三千冊。而一個電影明星或歌星隨便地抖露一下自己的隱私，印在紙上，裝訂成書的樣子，就可以發行百萬餘冊。一對演員夫妻離婚後，兩人互相揭露對方的隱私，各出了一本書，以滿足有窺隱癖人的需求，也各自賺了上百萬元的稿費，這不能不說是中國文化界的一大悲哀。現在社會流行假冒，假煙、假酒、假藥屢見不鮮。只要市場上有的商品，幾乎都有假冒產品相伴。儘管作家這一行是清苦的行當，但還是有一些沽名釣譽之徒，把一些生活垃圾匯集到一起，自己花錢印上千把冊，便自以為是作家了。這些偽作家們往往混跡於官場，官場上的人稱他是「作家」，而在作家眼裏這些人是政客、文痞、文棍。他們根本不是真正的寫作者，只是想通過這種途徑攫取一些政治資本而已。

真正的作家們都甘於清貧，甘於寂寞，默默地寫作。寫作是作家最大的幸福，寫作是作家們最大的快樂。

二〇〇二年一月七日夜於平陽北郭

【原載二〇〇二年二月八日《魯能泰山電纜》（山東）】

寫作的快樂

李清照說：「讀書樂在聲色犬馬之上。」認為人生最大的樂趣是讀書，其實寫作也是如此，儘管寫作是件苦差事，但寫作給人帶來的快樂是別人所無法想像的。

我第一次發表作品是在上世紀八十年代初，當時我在一家中學工作。看到自己的名字變成鉛字，激動得不知如何是好，來到操場的雙槓前，一口氣連撐了幾十個，直到氣喘吁吁，大汗淋漓而止。

那時報刊少，發表作品極難，我組織了一個文學社，創辦了社刊《處女地》，自己寫，自己編，自己刻版，自己油印。報紙印出後，就往全國各地寄，居然收到了很多外省市文學愛好者的來稿。

只要上了文學創作這條「賊船」，就再也無法拒絕她的誘惑，注定要當一輩子水手了。

剛開始寫作，什麼體裁都寫，寫出後到處投寄，變成鉛字的作品漸漸地多了起來，有些竟獲了獎，還換來了一大摞的這證那證。我把發表的作品不分種類，都剪貼在一個取名《慰心集》的本子上，沒事的時候，就拿出來反覆閱讀，猶如女子孤芳自賞，那心情又像父母在用溫柔的目光看自己心愛的孩子，有一種滿足感、成就感。

一九八五年的一天，我收到了一封來自雲南的信件。自從開始寫作以來，我就經常收到來自全國各地報社以及文友的信件，對於陌生的來信習以為常了。寫信的是一位初中生，他說，他是從哥哥的日記裏看到我的地址以及哥哥對我的印象的。他哥哥是文學愛好者，曾是我辦的文學社的外省社員，因患白血病去世。他早年喪母，父親酗酒，對他動輒打罵，他感到孤獨，希望我能收養他。看了他的來信，我意識到如不及時制止他的想法，他很可能會離家出走，甚至會走上犯罪的道路。我馬上給他寫了回信，告訴他，我只比他大五六歲，根本不可能收養他。我對他說，你父親的酗酒可能是因失去妻子和愛子，過度痛苦而造成的，你要好好地關心你的父親，好好地學習，考上大學，爭取早日自立於社會。幾年後，果真從一所高等院校傳來了他的喜訊。

俗話說：「書中自有顏如玉。」隨著我的作品越來越多地見諸報端，也交了越來越多的外地文友，吸引了一些懷春少女崇拜者，一封封充滿激情的信件，似乎讓我看到了一雙雙含情脈脈的眼睛。正處於青春萌動期的我也不時看得心裏陣陣發熱，但又一細想，這些都是情竇初開的女孩們的一時衝動，並不現實，便一一婉言相拒。但仍有一意志頑強的東北女孩拒不撤兵，經過幾年的抗戰，我的陣地終於淪陷，被她跨越兩千公里的戰線接管了。在一個飄雪的日子，她身著紅色麵包服同著漫天飛舞的雪花來到我的身邊，成了我的新娘。

作品不一定都是在書房裏寫成的，有在車上寫的，有在賓館裏寫的，也有晚上睡覺時忽然來了靈感，打開床頭燈，趴在被窩裏寫的。我有寫日記的習慣，一九八六年，在去外地的火車上，過道上也擠滿了人，我到車廂的衛生間裏記下了當天的日記。二〇〇一年，我去北京一家出版社送改編的書稿，在路上，突然有了創作的衝動，拿一本稿紙在手，隨著汽車的顛簸，筆在紙上一戳一戳地一直寫到北京。在京期間，連續寫了三篇散文。

寫作需要思考，而思考是痛苦的，但寫作時給人帶來的快感和作品發表後的喜悅會使人忘記所有的痛苦，有時一些意外的收獲更使人驚喜不已。一天，妻收拾女兒初一時用過的舊課本，我順手拿起一本《初中生文章選讀》翻看，見書裏收錄了一些小說和散文，作為學生的課外閱讀教材。其中有高爾基、劉心武、梁曉聲等名家的作品，看著看著，猛然看到一篇題為〈友情〉的散文，眼睛一亮，因為我也曾寫過一篇同題散文，再往下看，署名郭偉，正是我的文章。突然間，我有了多年不曾有過的激動，即使我出版散文集時也沒這樣激動過。我為能和大家們的作品編在一本書裏作為初中生的課外讀物而感到自豪，我不知編選者是從哪裏選來的，不在乎他們的侵權，也不在乎他們沒有付給我稿費，甚至有些感激編選者了。

在我的工作室裏，每天都有作家、詩人在高談闊論，自然地就形成了一個文學沙龍。也是受環境的影響吧，多年不曾動筆的妻竟也重出江湖，寫了一篇散文〈一碗麵條〉。我把我的〈都市女孩〉和她的〈一碗麵條〉都發到新浪網上，等過了兩個小時，我再上網一看，〈都市女孩〉有六十五人點擊，〈一碗麵條〉有九十四人點擊。我又把這兩篇散文同時發到《齊魯晚報》副刊的電子信箱裏，《齊魯晚報》「青未了」副刊發表了〈一碗麵條〉，而我的〈都市女孩〉卻失蹤了。朋友們笑道，是不是心理不平衡呀？其實，我有什麼心理不平衡呢？妻子發表了文章比我自己發表了文章還高興呢，起碼她能理解我的痛苦、分享我的快樂。

二〇〇一年十二月八日夜於平陽北郭

回眸二〇〇一

雪花是有生命的。

漫天飛舞是她最大的快樂。她盡情地飄揚著一年來的思考，拋灑著一年來的寂寞。她調皮地鑽進人的衣領，給花蕾戴上白帽，讓小朋友攥成一團、擲出一片笑聲。儘管也有在車輪下的呻吟，儘管在陽光的照耀下日漸消瘦，然而，她仍能微笑著向人們告別，沒有絲毫的痛苦，因為禾苗在延續著她的生命，花蕾在延續著她的生命，河流在延續著她的生命……

雪花的生命是短暫的，雪花又因著生命的延續而成為永恆。

人的生命也是短暫的，有時脆弱得不堪一擊。多年以前我就選擇了靠思想去延續自己生命的生活方式——寫作。

二〇〇一，苦辣酸甜我都品嘗了一遍，有失意，更有收獲，儘管果實上常常伴有苦澀。隨著我的散文集《書緣》的出版，我的創作生命進入了一個新的時期。《書緣》贏得了一片喝彩聲，使我有點飄飄然了。這時只有幾個朋友對我的散文提出了批評，指出了我散文寫作上的不足，使我幡然醒悟，陷入了痛苦的思考之中，足有半年沒有寫一篇散文。

六月份的一天，在我赴京的途中，沉默了半年的我突然爆發了創作的靈感，在路上寫下了一篇散文〈秋葉〉，在這篇散文的寫作中，我做了新的嘗試，注入了一種新的追求。作品發表後，得到了朋友們的認可。隨後，連續寫了數十篇。高漲的創作熱情使我自己都感到驚訝。文章有了對生命的深層的思考與感悟。

二〇〇一，也是我收獲的一年，我為一家出版社改編了美國作家房龍的近二十萬字的《漫話聖經》一書。因我潛心地收藏研究地方誌、族譜、作家簽名圖書等方面的成績，被評為「山東省十大青年藏書家」。

歲末，我和詩人石靈主編出版了散文集《心靈牧歌》。《心靈牧歌》在全省範圍內編選一百位作家的散文作品，集中展示了山東散文界的成果。我們的工作得到了一些著名作家和知名作者的支持，使工作得以順利進行，從開始策劃到定稿只用了一個月的時間。很多作家和領導都向我們表示感謝，認為我們憑藉個人的力量承做了一項大的工程，是功德無量的事情。二〇〇一，我寫作用上了電腦。用電腦寫作是我多年的夢想，在二〇〇一，這個夢終於變為現實。平時寫作一來了靈感，也不管在什麼地方，只要有紙有筆，思想就會從筆端傾瀉到紙上，那麼自然，那麼流暢。在寫作的過程中，周圍的一切似乎都不存在了。但當抄寫稿件時，就會覺得頭暈眼花，而且修改一遍就要再抄寫一遍，非常地累。用電腦寫作就解決了這個問題。

二〇〇一，生活還幽了我一默。曾經得到過我的幫助的，所謂的朋友，突然間獸性大發，扔掉了披在身上的羊皮，露出了本來面目，讓我著實領略了狼的兇狠和殘暴。事後，我一直在反思，善良之心只能用來對待善良的人，而對狼卻來不得半點的仁慈。正直的人都有寬容之心，但絕不能像耶穌那樣去寬容迫害自己的人。賈平凹先生新寫的一篇散文，說他的小說《懷念狼》的出版「引燃了一顆裝滿陰謀之藥的炸彈而提前爆發」，一位過去非常友好過的朋友為了區區小利便去加害於他，便想，連賈平凹這種大家都有人去加害，更何況我們呢？二〇〇一，生活給了我友情，給了我更多的朋友。他們在不同的地方，用不同的方式注視著我、激勵著我、牽掛著我。在我失意的時候，向我伸出溫暖的手；在我痛苦的時候，靜靜地傾聽我的訴說；在我成功的時候，舉杯為我慶賀；在我寂寞的時候，為我唱一支溫馨的歌。在朋友們期待的目光裏，我奮進著。我感謝朋友，我感恩生命，我感謝生活。同樣地，我要用我的成功來回報社會、回報生活。

因從事文化事業，因對生活不懈的追求，而使我的人生豐富多彩。人的生命會因追求和理想的不同，或重於泰山，或輕於鴻毛。「泰山岩岩，魯邦所瞻」。泰山之所以如此被歷代帝王所推崇，並不是單純的自然景觀所致，是因為它有幾千年厚重的文化積澱。

生活在泰山腳下，時時為泰山所感動，對生命有了更深切的感悟。人的生命是偉大的。

二〇〇一年十二月二十日夜於平陽北郭

【原載二〇〇二年一月一日《新泰日報》（山東）】

初識電腦

買電腦的夢，做了好幾年，因擔心自己對電腦一竅不通，而遲遲沒敢去買。直到朋友們寫作用上了電腦，這才下定了決心。

買來電腦後，最大的難題是打字，我太懶，便走捷徑用全拼，儘管這樣打字慢一些，但不用去費腦筋記字根了。

經過一段時間枯燥的鍵盤練習，我終於可以打字了。剛學會打字的心情，就像小學生剛學會寫字一樣高興。一有時間就泡在電腦前。

以往寫作時，靈感來了，文思泉湧。很隨便地找張紙去寫，當時的字真是龍飛鳳舞。為了不打斷思路，不會寫的字，畫個圓圈代替，等完稿後再去修飾、潤色。每寫完一部作品，就像剛生產的產婦望著自己的嬰兒一樣，有一種疲憊而又幸福的感覺。

寫作的過程，大腦處在高度興奮的狀態，而抄稿卻是一件令人頭疼的事，往往是抄得頭暈眼花。再做修改時，又要抄寫。在電腦上則可以隨意地改動，用雷射印表機輸出來，清晰明快。

電腦上網後，看新聞、查資料，更是方便。想查詢哪方面的資料，只要打上關鍵的幾個字，按一下搜索鍵，幾秒鐘，就會查到所有有關的網站或資料。

以往給報刊雜誌寄稿，每每要拿著厚厚的信封到郵局去，用秤稱一下，再根據重量貼上郵票，既費時又費錢。在電腦上只要打上雜誌社的電子信箱，附上自己的稿件，一按「發送郵件」，稿件就發送到對方的郵箱裏。

一次，到網上去查資料，打開了很多網站。忽然，跳出了一個對話框，內容我沒看懂，我按了一下「否」，它就消失了，一會兒，它又幽靈般跳了出來，我看了一下，意思是你願不願意用快捷的方式工作，我猶豫了一下，按了一下「是」，這一按惹了禍。隨後，跳出了放音樂用的「超級音頻解霸」畫面，我關掉後，又跳出一個……

第二天，我剛打開電腦，就跳出了「超級音頻解霸」的畫面，關掉後，又出一個，就這樣，幾秒鐘就出一個，電腦沒法工作了。

我找來一位懂電腦的朋友，他一看說：「電腦染上病毒了。」原來只是聽說電腦病毒這個詞，可沒想到，不經意間按了一下「是」就染上了病毒。電腦裏裝的殺毒軟件不起作用，我又借來了瑞星殺毒軟件裝上，還是殺不了毒。正所謂道高一尺，魔高一丈。沒辦法，只好把電腦全部格式化，然後，再重新裝上各種軟件。桌面上的幾部書稿在格式化前，被保存到D盤裏。

而「我的文件」裏存的文稿、書稿封面圖案及大量的資料，一不留神被全部刪掉了。這些文件資料大都沒有備份，數日的心血，頃刻之間化為烏有，著實讓我心疼了一陣。

有了這次教訓，再上網時，真是提心吊膽，如履薄冰。聽一位在中關村專門從事ＩＴ工作的女孩說，有時，一些電子郵件裏也會有病毒，只要一打開信箱，病毒就立刻發作。真是防不勝防。而殺毒軟件都是針對已經出現了的病毒研究製作的，儘管逐步升級，然而，永遠落後於病毒。

電腦真像一匹野馬，馴服了它，它就服服貼貼地為你服務。如果掌握不了駕馭它的技術，一不小心，就被它尥了蹶子，摔個跟斗。

二〇〇一年六月二十七日於秋緣工作室

寫信的年代

剛參加工作時，每天最想見到的就是郵遞員了。如果一天沒有朋友的信件，心裏就會空落落的。

單位在一個四周都是農田的荒野之中，晚上除了讀書寫作之外，就是用讀信或回信來排遣寂寞。

第一次收到的朋友來信，是山西的一位讀者看了我的作品後寫來的，因是第一次收到讀者來信，心情非常激動，回信是斟酌再三之後，認認真真寫的。後來和他保持了多年的通信聯繫。

八十年代初，電話在人們的心目中還是可望而不可即的奢侈品，家庭裝電話的極少。和外地朋友的交流主要是靠信件。

到了戀愛的年齡，信件大增，寫信的頻率也高了，一封信的週期需要一週，但往往等不到女友的回信，在發信兩三天後就發出了第二封信，當女友回第二封信時，第三封信又早已發出。和這位女友分手後，我把她寫給我的幾十封情書寄還了她。她來信說，沒想到我把她的信件保存得這麼好，而且還按時間順序都編了號，她非常感動。

那時看到郵遞員比看到誰都親，郵遞員換了幾任，都成了我的好朋友，即使放了寒暑假，郵遞員都會及時把信件送到我家裏。

隨著社會交往的增多，收到的信件越來越多。收到信後，最先看報社的信件，儘管退稿信佔了很大的比例，但偶爾看到報社寄來的報紙上發表了自己的一篇短文或小詩都能欣喜若狂。

雖然準備了剪刀，但收到信後急切看信的心情根本來不及用剪刀，總是急不可耐地一把就撕開了。

收信最多的時候，是在我開始收藏報紙以後，我給報社寫了一封要求贈寄樣報的信，打印了兩千餘份，那時不用標準信封，凡是給報社的信件，只要在信封的右上角寫上「稿件」兩個字就可以不貼郵票。我用牛皮紙自己糊信封，兩千餘封信件沒花一分錢就寄到了全國各地。隨後，我收到了一千多家報社回贈的報紙。我在各地聯繫了二百多位集報愛好者，和他們交流報紙。寄報紙大部分都是成卷寄的，我一天就能收到一大包信件。

對朋友的來信，我認為有價值的都保存著。其中最為珍貴的是妻當年寫給我的情書，結婚多年後，我還經常拿出來重溫當年的浪漫。一次，因一點小事鬧了彆扭，妻一氣之下，把這些我視為珍寶的情書付之一炬，使我心痛了許久，妻也遺憾不已。回憶起那些情書，每一封都是一篇精美的散文，那都是用心寫成的，實在可惜。

信件的折疊也是有一定講究的。一般的朋友信件折疊很隨便；給長輩寫的信，要左右對折，然後再折三分之一，最後再上下對折，以示對長輩的尊敬；情書的折疊則麻煩得多，折很多的花樣，然後交叉在一起。第一次收到這種信的人，越是急於想看到信的內容越是打不開。

近來老是收到一些《××名人辭典》、《××專家大全》等編委會的入編通知書，也不知道他們是怎麼搜集到的資料，個人的簡歷都打印好了，寄來讓我校對。對於這些信件，我都隨手扔進垃圾桶。

隨著社會的發展，電話已進入尋常百姓家，即使相隔千山萬水，一通電話就能帶來問候，這樣更能直接地聽到對方的聲音，比信件更方便。用電腦發的電子郵件，因快節奏的生活使人沒有時間細寫，郵件內容也簡潔得像電報了。

雖然社會的文明進步給人們帶來了方便，但人們再也無法享受收到信件的興奮和反覆讀信的快感了。

我懷念寫信的年代。

二〇〇二年一月六日夜於平陽北郭家中

【原載二〇〇八年十一月十八日《城市晚報》（吉林）】

閒話恐慌

春日的黃昏，全城的人都在議論一個話題：有個在中越戰爭中從越南換回的戰俘，用斧頭連傷了本村數名婦女和兒童後，帶著斧頭跑了。罪犯的逃跑讓整個城市的神經都繃緊了，送孩子上學的家長比平時多了一倍，店鋪也都早早關了店門。

恐慌，全城人的恐慌。人們的心理承受能力已經脆弱到不堪一擊的程度。直到警察抓獲了那位經司法鑒定確認的精神病患者時，提心吊膽的人們才鬆了一口氣。

一個精神病患者就引起了全城人的恐慌，如果賓拉登的恐怖組織或者一個更大的災難出現在中國，中國人將如何面對呢？

當一種未知的、後來被確定為「非典」的疾病在中國出現，並迅速蔓延到三十多個國家時，人們簡直感到世界末日來臨了：平日裏摩肩接踵、人流如潮的北京長安街，突然間冷冷清清，空無一人；濟南一婦女因懷疑自己得了非典，擔心無錢醫治，跳進了黃河；在公交車上只要咳嗽一聲，人們便急退數米；全國出現搶購風，一瓶售價四元的84消毒液賣到二十幾元，山西太原一棵大白菜賣到三十元，食品、藥品價格風漲，不法商人大發國難財……

北京，一個很神聖的名字。因為生活在皇城根下，無論是北京人還是客居北京的人都自覺高人一等。北京人數百年養成的傲氣，在非典時期剎那間消失得無影無蹤。人們見到北京人都避而遠之。一位在北京賣文為生的朋友途經濟南，回到了家鄉，第一站便到了我的辦公室，當我辦公所在的賓館負責人得知客人來自疫區北京時，馬上讓客人離開。之後，派人到我的辦公室滿屋噴灑84消毒液，其實，我的朋友已離開北京半月，過了非典病毒的潛伏期了。當晚，我們在一家大酒店為朋友接風時，誰也不敢提客人來自北京，酒店的老板如果知道了，我們的飯也就吃不成了。這次吃飯的結果，一位朋友被家人關在了門外，只好在辦公室裏待了一夜。在非典和友情面前，我們選擇了友情。

人們的恐慌，源於對非典的模糊認識，因為人們確信，患了非典必死無疑，醫生患了非典都無法醫治，何況百姓。得了感冒，害怕被隔離也不敢到醫院就醫，在電梯間遇到生人，甚至不敢呼吸。杯弓蛇影，謠言四起，在傳聞中人們的恐懼進一步擴散，傳聞的擴散，反過來又加劇了人們的恐慌，這種惡性循環，最終導致了更大的恐慌。

非典時期，隨處可見擺供桌、燒香燒紙送瘟神的。有位老太太一邊燒紙一邊念叨：「非典，您老人家走吧，我們這裏窮，您到美國找布希去吧！」若在平時，這是絕對的笑話，可在當時，一切都是鄭重其事的，一切都是合情合理的，人們在老太太的唸叨聲中虔誠地下跪磕頭……

生活在社會低層的百姓，時而由恐慌引發騷動。被隔離人員險些被人放火燒死；某地因設立隔離非典人員醫院引發村民鬧事，打傷政府官員……處於恐慌中的人們失去了理智。

寫到這兒，突然想起了電影《泰坦尼克號》中的一個畫面，當輪船即將沉沒時，乘客都紛紛逃命，輪船樂隊的演奏員卻視若無睹，仍舊沉浸在樂曲中，似乎身邊發生的一切都與自己無關，或許他們明白，加入了恐慌的人群，會加速生命的消亡。

二〇〇三年七月五日於平陽大廈《農村科技導刊》雜誌社

【原載二〇〇五年第十一期《當代人》（河北）】

離崗

離崗是一個有中國特色的新名詞，《禮記．曲禮》曰：「大夫七十而致事」，也就是說官員到了七十歲就要告老還鄉了。現在的中國人太多，國家官員過剩，為了把位子讓給年輕人，除了少數高級官員外，一般的科（局）級幹部，五十來歲就要從崗位上退下來，回家等著，到了退休的年齡再辦理退休手續，稱之為離崗。而這種等待有時候長達十年之久。

離崗作為一種特殊的現象，是中國政治體制改革中，精簡龐大政府官員的過渡，就像前幾年把失業工人叫做下崗職工一樣，而隨著即將實施的「失業法」，將徹底刷新這一不規範的名詞，而離崗這一具有中國特色的新名詞將被什麼代替呢？

俗話說：「無官一身輕。」但有些官員們似乎都願意多挑幾年的重擔，千方百計地把年齡改小，以便再為人民多當幾年的「公僕」。他們似乎都明白這樣一個道理，位子、車子、房子、票子等等，位子是一，其餘的都是「一」後面的零，隨著位子的提高，後面的零可以無限地擴充，一旦失去了前面的一，後面的一切也都化為零了。

在職的時候一呼百諾，出門時前呼後擁，好不威風。一些比孫子還親的下屬，你一個眼神，他都能領會你的意圖，在你面前一副奴顏婢膝的樣子，討得你的歡心，從而分得一份殘羹。在奴才面前可以讓你找到當官的感覺。一旦離崗，就會門前冷落車馬稀。再遇到那些奴才時，他們就會視而不見，因為他們又有了新的主子。離崗之初，還不屑與比自己離崗早的釣魚、打牌之人為伍，當身上的官氣、霸氣被時光的刀斧砍削乾淨之時，就懷著孤獨失落之心向那些老人靠攏了，慢慢地交上了學友或玩伴。也有極個別的人是永遠不合群的，在街上經常見到一個踽踽獨行的離崗官員，像隻受傷落群的孤雁，一個人沿著馬路邊行走。據說他在職時壞事做絕，周圍的人對其恨之入骨，一次他從兩個人身邊走過，其中的一個說：「你怎麼不和他說話？」，另個人說：「這個私孩子不是人，我和他搭什麼腔？」他也只是假裝聽不見，匆匆逃開。這種人只會做官，不會做人，一旦手中無權，也只有在痛苦煎熬中等待來自冥界的邀請函了。

對一些熱愛生活、熱愛藝術的官員來說，離崗正是如魚得水，有了更多屬於自己的生活空間。一位局長喜歡讀書，家裏藏書頗豐，曾被評為市裏的藏書狀元，只是因工作忙，一直苦於沒時間讀書。離崗後，便把自己置身於茫茫書海，潛心研究歷史文化，每日飯後，一頭鑽進書房，打開電腦寫作，成了專業的學者，寫出了大量的學術論文，經常應邀參加各地的學術研討會，一時間成了知名人士，其生活比在職時更充實了。

一位愛好書法的朋友，因其不肯為五斗米折腰的文人性格，仕途一直不順，他也厭倦了官場生活，及至離崗，筆墨成了他抒發生命激情的另一載體。由於沒有了功利的作用，他的書法更加飄逸、自然，自成一體。隔三叉五就與文友煮酒品茗，談古論今，吟詩作畫，並出版了亦詩亦書的作品集。在人生的軌道上繞了很多圈子之後，終於找到了自己的位置。

二〇〇二年一月二十六日凌晨五時於平陽北郭家中

說孝

萬惡淫為首，百善孝為先。

中國人受儒家思想的影響，對忠孝二字格外看重。「忠孝傳家遠，讀書繼世長。」成了中國百姓最常用的一副對聯。為國要盡忠，在家要盡孝。忠孝二字成了做人的立身之本。人們對那些不忠不孝、不仁不義之人向來深惡痛絕，對忠孝之人也大加褒揚。古時，有個叫李冰的孝子，母親得了重病想吃鯉魚，他便來到河邊，趴在冰上用體溫來化冰取鯉，一時傳為美談。

有兄弟五人，都在城裏工作，父母年邁住在鄉下，需要有人照顧，最小老五的媳婦便把老人接到了城裏，細心侍侯。不久老公公因患腦血栓住進了醫院，她把剛剛承包的門市部交給別人看管，自己到醫院照顧公公，才二十多歲的少婦顧不得羞澀，為老人端屎接尿、穿衣服。婆婆患有白內障、心臟病等多種疾病，她家裏、院裏兩頭忙，早晨當她把做好了的飯菜端到婆婆的床前時，婆婆的眼淚就止不住地流下來，婆婆說：「你們五個就你小，還讓你操這麼多的心，受這麼多的累，我心裏真是過意不去。」她說：「照顧老人是應該的，年輕人累點算啥。」朋友們也為她抱不平了：「你們妯娌五個憑什麼只讓你一人管，應該輪流侍候才是。」她笑笑說：「盡孝道要靠自覺，我不能和她們攀比，如果只有我自己，我和誰攀去呢？」公公的病剛有好轉，婆婆又住進了醫院。一個月下來，她幾乎成了一位不錯的護士。兩位老人痊癒出院後，她才鬆了口氣。也許有人認為她太吃虧了，妯娌五人只有她自己侍侯公婆太不公平，而實際上她得到的更多，起碼她贏得了社會的尊敬，在她付出愛的同時，也得到了愛，她的行為對她的後代也是一種耳濡目染的教育。父母的孝心會對孩子起著潛移默化的作用，孩子長大後自然會孝敬老人。在父母不孝的家庭裏長大的孩子，肯定不會有孝心。

對父母盡孝，並不是單純地讓父母生活得好一點，也不是對父母所講的一切無論對錯都言聽計從，那種孝是愚孝。一個真正有孝心的人，在做任何事情之前都會考慮到這樣做會不會讓父母蒙羞，甚至還要想如何做才會給自己的父母增光。

孝心是發自內心的一種潛在意識的自然流露，並不是靠強制產生的。隨著人們法制意識的增強，報紙和電視不斷有老人把不孝兒女告上法庭的報導。法律可以強制不孝之子拿出養老金盡其義務，卻無法喚回他們的孝心。孝敬老人是中國人的傳統美德，但現實生活中像《牆頭記》中把父親拖上牆頭的大乖、二乖式的人物還大有人在。某礦一工人，幼年喪父，由寡母拉扯成人，然後娶妻生子，老人總算是熬出了頭，該享享清福了，可又被狠心的兒子趕出了樓房，搬進了樓下的儲藏室。年老體弱的母親在陰暗潮濕的小屋裏，終日忍受著病痛和精神上的雙重折磨。鄰居多日不見其影，前去問候時，才發現她已死多日，兩隻深陷的眼睛仍然睜著，似乎在向蒼天傾訴，所見之人無不淒然淚下。含辛茹苦地把兒子養大，卻落得個這樣的下場，怎不令人心寒呢？不孝之子所作所為令人髮指。

在這世上還有一種人，腸道裏的地瓜乾還沒完全消化乾淨，就看不起農村的老娘了，這種人一方面怕別人看不起自己的出身，另一方面又裝腔作勢說自己是山裏人，越是這樣表白，越是說明了他的自卑。這種人唯恐父母到自己家裏來，怕父母寒酸的穿著讓人看到，給自己丟人，這種極端自私、自卑、心理被扭曲了的人是很難與人相處的。試想一個人心裏連自己的父母都沒有，還能有朋友嗎？

有這樣一個故事，一人從鄰村抱養了一隻小狗，長大後，主人餵狗，這狗總是銜食而去，主人納悶，一日尾隨狗後，發現這狗把食物送到了生牠的母狗那兒。狗盡孝心，世人稱奇，遂稱其為孝犬。

羊羔跪乳，烏鴉反哺，連牠們都知孝母，人若不孝不如畜禽矣！

二〇〇二年一月二十日夜於平陽北郭

【原載二〇〇二年八月十一日《淮北日報》（安徽）】

說室名

自古以來，讀書人都喜歡給自己的書房命名。或以之明志，或以之寄情，或以之自勉。同時也給人們有益的啟迪，可以從中領略到主人的精神境界。爽心益智，頗有雅趣。

浙江歸安陸心源，家藏宋版二百部，於是取名「皕宋樓」。

乾隆年間的吳騫，有藏書樓名「拜經樓」，藏元槧千部，「置之十架」，因而名為「千元十架」之室。

安徽的鮑廷博，居杭州，築室藏書，憑《戴記》中「學然後知不足」之義，取室名為「知不足齋」。

南宋詩人陸游藏書多，其室名亦多，有「煙艇」、「漁隱堂」、「玉笈齋」、「少齋」、「心太平庵」、「昨非軒」、「風月軒」、「書巢」及「老學庵」等等。

作家孫犁的室名為「耕堂」。「耕堂」暗含孫犁之名，「犁」者，牛耕也。孫犁自喻為老黃牛，在文壇上默默地耕耘。

歷史學家、原北大校長陳垣的室名為「勵耘書屋」，告誡自己勵節亢高，辛勤耕耘，體現了學者勵精筆耕的可貴精神。

語言學家王力說：「古人有所謂雕龍、雕蟲的說法，在這裏，雕龍是指專門著作，雕蟲是指一般的小文章。」而他「龍蟲並雕，兩樣都幹」，並把室名命名為「龍蟲並雕齋」來勉勵自己，因此，他既有鴻篇巨製的著作，又有小文章問世。

書法家啟功的室名為「堅靜居」，操守堅靜，潔白無瑕。孔子曰：「不曰堅乎，涅而不緇。」自謂堅白，啟功的「堅靜」與孔子有異曲同工之妙。

古文學家、吉林大學教授于省吾的書房以「澤螺居」為名，「以此來比喻自己所掌握的知識，只是知識海洋中的一個海螺，還需要學習」。

古文學家、中山大學教授商承祚的書屋叫「鍥齋」，取荀子「鍥而不捨，金石可鏤」之意自勉。

作家姚雪垠的室名為「無止境齋」，取「學無止境」之意，以明虛心求索之志。

我取室名「秋緣齋」，其原因有二：一是我出生在秋天；二是我愛秋令這個季節。一提起秋天，我的眼前總是浮現出那年金秋到九頂鳳凰山開筆會時的情景，滿山紅彤彤的柿子，給人一種心靈的震撼。我總覺得與「秋」有緣。

給屋室取名，是我國文人的傳統。它始於唐，而盛於宋元明清，以至於今。蒲松齡之「聊齋」、梁啟超之「飲冰室」、柳亞子之「磨劍室」、劉半農之「含暉堂」、何香凝之「雙清樓」……皆是。

我們與其說它們是室名，倒不如說它們是座右銘更為合適，因為主人們就是把它們當作座右銘，時時鞭策自己。

二〇〇一年八月二十四日於秋緣工作室

【原載二〇〇一年九月三十日《新泰日報》（山東）】

說立志

春節期間，回老家串門。最惹人眼的是家家戶戶大門上的對聯，對聯染紅了整條街道，也烘托出滿世界的喜氣。細讀春聯，無非是一些「辭舊迎新」、「平安富貴」之類的老話。有一副對聯卻引得路人駐足品味，上聯是「今生我窮個磊落」，下聯是「來世我富個光明」，橫批「人窮志長」。為什麼要寫這麼一副與眾不同的對聯呢？細問才知，主人家庭不是多麼富裕，且常遭人奚落，以為別人都看不起自己，心生妒恨，便寫了此聯。

且不說這副對聯是否對仗工整，對聯的內容卻是不妥的。對聯的主人年齡還不足四十，正是創業的年齡，只要找到了自己的最佳位置，把別人的恥笑化為動力，幾年的時間就可脫貧致富。幹嘛要等到「來世」再「富個光明」呢？這不是自己欺騙自己的阿Q嗎？年紀輕輕的，為什麼甘心自己下半輩子「窮個磊落」呢？現在已不是「窮光榮」那個年代了。知道了自己的不足，應該發憤努力、迎頭趕上才對。如果老是在等，即使有來世的話，憑什麼去「富個光明」

呢？即便來世出生在富豪之家，就憑這樣的懶惰思想，也絕對不能持家守業。

讓人看不起或看得起，也不是家庭的貧富所決定的。孔子一生都過著顛沛流離的生活，有時吃飯都成問題，但他卻是世代受人尊敬的至聖先師，清代奸相和珅富甲天下，卻受到萬人唾罵。人品的好壞是受人尊敬的前提。

幾乎每個人上學時都寫過「我的理想」的作文，有的想當科學家，有的想當醫生，有的想當飛行員，有的想當作家等等，老師便教育學生如何為了實現自己的理想而發憤讀書學習。人人都應該有一個自己的奮鬥目標，這目標可分為長期目標和近期目標，並為實現自己的目標而製定一個實施方案，再根據自己的方案一步步去實現一個個近期目標，最終再向總目標邁進。實現目標的過程就是一個奮鬥的過程，這就需要一種精神力量去支撐自己，靠這種力量來克服困難，度過一個又一個難關。

一個人立志以後，並不用整天掛在嘴上見人就說，上面提到的那副對聯，就像是一些人在胳膊上紋著一個大大的「忍」字一樣的淺薄。正相反，紋字之人，遇到問題往往都是忍不住的人。這個「忍」字並不會提醒他冷靜地處理問題。越王勾踐在背運時並沒有在自己的臥房裏寫一副「臥薪嘗膽」的條幅來激勵自己，而是憑著自己的毅力終於成就了一番事業。

記得在八十年代初，《中國青年報》上刊登過一篇文章，一位美國青年對中國青年說：「我太羨慕你們了，中國正處在改革開放、建設發展時期，你們有太多的機會去施展自己的才能和智慧。我們的國家經過父輩們多年的努力，已經創造出了一個非常富有的社會，我們無法親身體驗到創業的艱辛和成功後的快感了。」

人為了實現自己的目標而奮鬥的過程是人的一生最快樂的時光，那種快樂是成功後再也無法找回的。

二〇〇二年二月十三日（正月初二）晚於新汶父母家中

網名趣談

網名是一種暱稱，從網名上可以看出一個人的素質和修養。它充分張揚了人們心靈深處在現實中無法表達的真實情感。每個上網的人都有一個或數個網名，很少有人用自己的真實姓名上網。

前幾年有位號稱用身體寫作的美女作家寫了一部小說《上海寶貝》，在全國颳起一陣旋風，一時洛陽紙貴。隨之在圖書市場就複製出了《北京寶貝》、《廣州寶貝》、《城市寶貝》……在網上網名也有跟風現象，曾有一個叫「月亮玫瑰」的網友，在網上一出現就引起了人們的注意，玫瑰讓人聯想到美好、奔放、熱烈，而月亮玫瑰給人的感覺是那麼恬靜、幽雅，有一種清馨的意蘊。網上馬上就颳起了一陣玫瑰風，玫瑰天使、紅玫瑰、黑玫瑰、金色玫瑰、火玫瑰、浪漫玫瑰、玫瑰三十、毒玫瑰、紫色玫瑰花瓣、玫瑰水手、玫瑰天使，甚至還有絕版玫瑰、冰凍玫瑰等。

過一陣子又開始流行百合，於是就有了野百合、百合仙子、雨中百合、清馨百合、風中百合、百合無暇、凝露百合、靜靜的百合……

有些網名富有詩情畫意，極具浪漫色彩。像：清雨慢思茶、想飛的雪花、再別康橋、聽雪、臨窗聽雨眠、借得西江明月、一葉扁舟……一次上網與一牧鵝村姑相遇，我說她的名字就像一幅水墨畫，眼前似乎看見一頭戴斗笠的村姑站在小船上，手拿竹竿趕著一群鵝的畫面。問她怎麼想起這個名字，她說：「我整天帶著一幫學生，像不像在放鵝？」

「哦，你是老師呀！」我這才明白她網名的意思。

她說：「我放的可不是一般的鵝，是天鵝！」

「大學教師？」

「是的。」她說她出生在農村，非常懷念農村那種田園生活，所以取了這麼個名字。

有些網名帶有禪味，比如，微笑如花、品味生活、清晨荷香、綠荷聽雨、寂寞的煙灰、錦瑟等等，給人一種玄機，一種幽深，一種曲徑通幽的臆想，令人妙生許多嚮往，令你充滿智慧的手指，情不自禁地點擊一下。

有的網名非常直白，像：德州女人、廣州先生、泉城女士、娜娜、麗麗、大偉、海東、小倩等等，都是一些大眾化的，沒有什麼個性，也許他們認為平平淡淡才是真。

有些網名屬於另類，讓人費解，例如：手工煎餅、地瓜爐子、踩我一腳、骨頭啃狗、耗子捉貓、窮鬼、賣血上網、外地豬……這些網民也許是新新人類，喜歡追求一些與眾不同的效果。有個叫快樂女老鼠的網友這樣解釋自己的網名，她看了這樣一幅漫畫，有一個喝醉了酒的母老鼠站在大街上，手裏拿著一塊磚頭，大喊：「貓，你給我出來！」她看著好玩，就給自己取了快樂女老鼠這個網名。

還有一些粗俗的網名，如：美腿少婦、會發嗲的女人、鴨、妓男、老婆不在家、溫柔浪漫蕩婦、一夜情……更有一些低級下流、不堪入目的網名，這都是一些庸俗無聊的人。但不知道為什麼網路的管理者會允許這些網名的存在，由此可以看出網路管理上的一些漏洞。當然，這種醜陋的現象在現實生活中也是存在的，就像憲法賦予法律來懲處犯罪而無法阻止犯罪一樣。這些網路病毒只能隨著人們自身修養的提高，靠自覺的力量來抵制。

一般的網友都有幾個網名，多的竟有幾十個，有些網名是在聊天時隨意起的，有些是針對網友的網名臨時起的，因此這些網名只用過一次就不用了，有的網友對自己的網名情有獨鍾，翻來覆去老是用一個網名，而這些網名大都有一定的含義，主人使用長了，在網上也有一定的影響了，因此就不願意更換。

網名和人名一樣只是一種符號而已，人名大都是父母寄予孩子的一種希望，無法體現自己的意志，而網名可以根據自己的喜好隨心所欲。有些網名像生活中的名字一樣真實，有些網名代表了網友的一種期望，那是在現實生活中所無法達到的一種精神訴求，還有一種網名是網友在網路空間裏體驗現實生活時的另類感受。

先不管聊天的內容是否精妙，能否遇到可人的網友，單就在上網瀏覽時，不時有鮮新的網名耀入了雙眼，心裏便湧起一陣極舒心的感覺，若你的網名正好契合了網友的心靈，一場舒緩悠長、激情飛揚的談話也就在所難免了。

二〇〇二年三月五日於秋緣工作室

【原載二〇〇五年九月十九日《僑報》（美國）】

網上聊天

社會已進入了一個網路時代。

網路世界，異彩紛呈，網路訊息，快捷寬泛。

網上聊天，是人們在緊張、快節奏的工作生活之餘，釋放自己情感的一種方式。每個網站都設有聊天室，不同的聊天室有著不同的聊天服務功能，有的設有聊天動作、聊天表情的圖案，比如「害羞」就出現一個帶有紅潤的臉譜，「生氣」就會出現一個咬牙切齒的臉譜等。一些網站的聊天室，還累計進入聊天室的時間來分等級，等升入一定級別後就可以玩動畫。

聊天有公聊和私聊之分，公聊的內容在網上每個人都能看到，打上私聊後，只有聊天的兩個人自己看得見。

網上聊天的人的素質不同，一般的人聊天先看網友的名字，根據愛好，選中網友後，就開始問：「哪兒人？」「多大了？」「做什麼工作？」等等。素質較高的人聊天是不在乎對方的年齡、職業和地域的，而是從共同感興趣的話題聊起。在日常生活中的人們的語言交流都比較慎重，不會輕易地暴露自己的思想。而在網上則無所顧忌。聊得來就聊，聊不來就拜拜。網上聊天可以直達對方的內心，是心與心的交流。在網上流傳著這樣一個故事，有夫妻二人離婚後，仍住在一套房子裏，兩人互不干涉，為了打發長夜的寂寞，兩人在各自的房間裏上網聊天，很快男的就找到了一個女網友，兩人的經歷差不多，同病相憐就有了很多共同的話題，隨著時間的推移，很快就陷入情網，兩人有說不完道不盡的悄悄話，每晚都聊到凌晨兩三點鐘，才戀戀不捨地打上「88」下網休息。待兩人都覺得離不開對方時，就相約見面，雙方約定兩人手裏各拿一本雜誌，以免認錯人。當兩位朝思暮想的網友見面時，大吃一驚，原來女網友竟是自己離婚的妻子，於是兩人破鏡重圓。

網上聊天的兩人即使近在咫尺，也不知對方是誰。有夫妻二人都熱衷於上網，星期天丈夫上班去了，妻子一人在家無聊，便上網聊天，看到一個網友，也沒來得及改名就和對方聊了起來。一會兒，她發現網上有人用她的網名「清馨水蓮」在徵聊友，她就去質問：「為什麼用我的名字？」

「為什麼說我用了你的名字？你的名字申請專利了嗎？」

對方的話讓她無法回答，但她又怕這位冒名者影響了自己的聲譽，就對大家說：「網上的清馨水蓮是假的，是冒牌的！」

她一邊發表聲明，一邊和那個清馨水蓮爭論。

這時，有個叫「老板」的人對她說：「你一個勁地大喊救命，網管發現了就會來為你主持公道的。」

於是，她打出了一連串的：「救命……」

過了一會兒，果然有個叫「網管」的問她怎麼回事？她把有人冒用她的名字的事向網管申訴。

「網管」說：「好了，我已把那個清馨水蓮踢出聊天室了。」

她非常感激地對網管一個勁的表示感謝。

下午，丈夫下班回家，她就把有人冒用她名字上網的事向丈夫說，丈夫說：「那人不是讓網管踢出去了嗎？」

她驚奇地問：「你怎麼知道的？」

丈夫大笑起來。原來，丈夫在單位給家裏打電話打不進來，知道妻子肯定在上網，就到妻子常去的聊天室去找，卻沒發現妻子的網名，他知道妻子非常在乎自己在網上的聲譽，就想用妻子的網名把她引出來，果然，妻子一會兒就出現了，後來的那個老板，還有那個網管都是他一個人。他在網上和妻子開玩笑，把電腦旁圍觀的同事笑得直喊肚子疼。

網上聊天可以結交一些知心朋友，通過聊天還可以增加知識、開闊視野，了解外地的訊息。在生活中遇到一些難題，也可以向網友傾訴，來釋放一下心理的重負，化解心中的鬱結。網上聊天也是最好的休息，聊天的雙方都不設防，聊天的內容自然是一些輕鬆的話題。雙方在輕鬆愉快、風趣幽默中，打發了許多無聊的時間。

上網聊天的人大都喜歡浪漫，年齡大點的心態也比較年輕，年齡小的也想找一下成熟的感覺。聊著聊著，不知不覺中就激情飛揚了。網友之間由於只是在網上對話，當然都在盡力地施展自己的才華和智慧，於是，漸漸地就喜歡上對方的聰明、溫柔、機智，這邊送上一束玫瑰花，那邊就出現了害羞的臉譜，於是，一來一往，雙方都沉浸在幸福之中了。下一步便相邀見面，但往往都是「見光死」，令雙方都大失所望，因為網友見面前，都把對方想像得過於完美，見了面才知道對方和自己想像中的戀人反差很大，激情遂被冷卻，進而分手。如果網友不見面的話，起碼在虛擬的空間裏總能保持一個美好的形象。

在我居住的城市裏，發生過這樣一件事，一個小伙子開了一家網吧，不忙的時候，就教妻子上網聊天，妻子學會上網後就被網路迷住了，天天泡在網上，很快就和一位外地的大學生產生了網戀。她像一位在沙漠中數日未曾飲水的人突然看到啤酒一樣，高度的興奮使她失去了理智，堅決地和丈夫離了婚，跟著前來相會的大學生跑了。面對記者採訪的鏡頭，小伙子痛苦地說，自己不該開網吧，都是網吧惹的禍。其實，這件事不能怪罪於網路，就像武器一樣，我們可以用來保家衛國，犯罪份子也可以用它來進行犯罪活動。不管出現什麼後果，都是使用者的問題。那位少婦拋棄了丈夫和家庭與網友出走，一是說明他們夫妻的感情基礎不夠穩固，再是少婦的素質低，經不起別人的誘惑，這種人即使不上網聊天，也可能在其他情況下做出類似的舉動，只是早晚的問題。

聊天室裏也不是一片淨土，經常有一些潑皮無賴插足其間。據報載，有兩男青年，用「齊魯佳人」的網名，冒稱女士在網上撒下「魚餌」，遇到上當的人，便由其中的一人男扮女裝前去和上當的「肥魚」約會。吃飯時趁「肥魚」不注意，把安眠藥放進「肥魚」的酒杯裏，待「肥魚」睡著後，便把「肥魚」搶劫一空。他們二人合作連連得手，直到被公安人員緝拿歸案，那些上當的人還不知道和自己約會的「美眉」是男人假扮的。

網上聊天只是一種休閒方式，你別想在這兒得到什麼意外的驚喜和收獲，也不必擔心會玩物喪志。網路的天空是虛擬的，也不能沉湎其中不能自拔。凡事都要有個度，如果因為上網聊天而影響了自己的事業，那就得不償失了。

二〇〇二年三月四於秋緣工作室

【原載二〇〇二年六月二十三日《新泰日報》（山東）】

靈魂在線

你醒了？

你看今天的月色多好呀，我們好好聊聊吧？

你問我是誰？你還記得嗎，每當夜深人靜你思考問題時，你的耳邊就有一個聲音和你談話，那就是我呀。

我和你是一體的。你高興時我高興，你痛苦時我痛苦，你唱歌時我的心也隨著音樂的節拍起舞，你憂鬱時我默默地陪在你的身旁。

我知道你經歷了太多太多的苦難，是這些苦難成就了你，面對生活的艱辛，它使你意志堅強，從而贏得了幸福的家庭，贏得了成功的事業，贏得了眾多的朋友。

我知道一提到朋友兩個字你很敏感，因為你對朋友二字有了新的理解，這兩個字曾經傷害了你，但也是這兩個字給了你慰藉。

圈裏人都知道你客串了一場演出，演的是老掉牙的《東郭先生和狼》，你演東郭先生時險些讓狼咬傷，當你醒悟時，你並沒有接受朋友的建議，沒有把狼用撅頭砸死，而是放過了牠。你想讓牠（不是他）為自己的所作所為感到羞愧，可是你沒意識到你面對的是一隻沒有人性的狼呀。

孩子，你太善良了，你的善良近似愚昧！

當然，我也知道你傷心，你全心全意地幫助他們，你沒有要求得到絲毫的回報，但他們卻以獸性來回應。

你還記得那個秋風蕭瑟的下午嗎？那位江湖術士一進門就對你說：「你犯小人了！」以往的你是不信這些的，但他卻一語言中了要害。

你問：「為什麼會這樣？」

他說：「嫉妒！」

最後他說：「小人是奈何不了你的。」

余秋雨在〈歷史的暗角〉一文中專門談小人，那時你還不以為然，你說做人要大度一些，要多一些寬容。但是寬容是要以道德準則和行為規範為前提的，寬容也不是無原則的，不能像耶穌那樣去寬容自己的敵人。

小人在成為小人之前一般都是弱者，他們總會裝出一副可憐相，來贏得你的同情和幫助。

當他借助你的力量，羽翼豐滿，就會露出本來面目，就會撥弄是非，造謠中傷……

值得慶幸的是，你躲開了那支從背後射向你的暗箭！

孩子，我理解你心裏的痛苦。你至今也不相信你曾全力幫助的人會在你的背後傷害你。這就是生活。這就是社會。

我知道你欣賞賈平凹。他在五十歲生日時說過這樣幾句話：「在這一半人生道路上，我有過勝利，也有過失敗，享受過掌聲和鮮花，也享受過誹謗和咒罵，從這一點上看，我的這半生是豐富的。像他這樣的大家都會遇到誹謗，何況我們這些普通的人呢？」

我最了解你，在外人看來，你是那樣的和善，似乎不會動怒，其實那只是你的表面。你是一個有個性的人，你也有拂袖而去的時候，你也有拍案而起的時候，你也有「揚眉劍出鞘」的時候。當面對突然的中傷時，你先是愕然，繼而憤慨，繼而震怒。最終還是理智克制了自己。你想用你的大度來化解一切。

一位作家寫了一篇〈躲避災難〉的文章，文中引用了古人的一句話：「何以息謗，曰無辯。」沉默是對付謠言的最佳辦法。余秋雨在涉足大文化散文的寫作一舉成名後，招來了妒忌，一時間出現了幾百篇批判文章，其中不乏造謠誹謗之詞，謠言的製造者還恬不知恥地說自己如何勇敢地向權威挑戰，面對突如其來的變故，余秋雨沒有站出來澄清什麼，他也不想給那些小人一個藉此出名的機會，繼續踏上了異國他鄉考察世界文明的旅途。也許是因為他的臨危不懼、處變不驚，他被臺灣評為「十大魅力男子」之首。

社會變了，生活變了，人也變了。

WTO、網路、納米技術、厄爾尼諾現象……這一切來得太突然了，讓人猝不及防，讓人們的生活緊張而又不安。一些亞健康人群便會躁動不安，特別是地域文化的差異，使一些人更找不到北，漸漸失去理性，繼而瘋狂。

孩子，你不必再傷心了。其實，真正受到傷害的正是那些想傷害你的人。當他失去你的那天起，他就失去了自己的人格，失去了大批的朋友，失去了他本來應有的位置。他把自己送進了無際的沙漠，一個人形單影隻地抽泣。他看不起自己，他罵自己是小人，是流氓，是地痞，是無賴。他面目猙獰地刨開自己的腹腔，掏出血淋淋的那顆黑心，自己吞噬下去。接著他又吞噬自己曾握過黑槍的手指，吞噬自己的整個肌體……

他一點點兒死掉，死在他自己的心裏，死在人們的遺忘裏……

孩子，忘掉發生的一切！不要拿著他人的過錯來折磨自己。

不論社會如何變化，不論生活如何變化，太陽還是從東方升起。

好好活著，為了師長，為了朋友，為了家庭，為了愛你的人……

天就要亮了，孩子。

我要走了。

我相信，下次的交流，我面對的將是一個全新的你！

二○○二年四月六日於秋緣工作室

座山雕家譜考

曲波的長篇小說《林海雪原》及現代京劇《智取威虎山》中英雄揚子榮以及土匪頭子座山雕是家喻戶曉的人物。這兩個典型人物是否有原型，是否確有其人，一時傳說紛紜，莫衷一是。隨著時間的推移，他們的身世逐步揭開。楊子榮和座山雕這一對冤家對頭卻是山東老鄉。楊子榮是山東牟平人，座山雕是山東新泰人。在《新泰崔氏族譜》卷二第四十三頁崔氏第十六世欄裏，有這樣的記載：「守宗，行三，又名振聲，字鳴遠。元配陳氏，繼配臧氏，均無所出，又繼配李氏，子一家魁。此支在口外凌源縣。」

座山雕名崔守宗，是山東新泰市龍廷鎮苗莊村人，生於一八八二年，兄弟七人，他排行老三，故人稱「三爺」。現在苗莊村崔氏後人講起座山雕，都津津樂道，據座山雕近支族人講，崔守宗少年家貧，靠討飯為生，二十五歲時他一個人去闖關東，在一富戶家做長工。他長得身強力壯，幹活實在，深得主人的喜歡。一日，主人家招賊人搶劫，崔守宗誓死保家，為主人家滅輕了損失。主人見他為人實在，便招他為婿，繼承了岳父家的財產。他因從小受窮，過上了富裕日子後，就常常接濟窮人，他最看不起那些剝削窮人的大戶，經常組織一些人在夜裏去偷搶大戶，因他講義氣，來投奔他的人越來越多。後來，日本人佔領東北後，他便拉起了隊伍進山當了土匪，外號座山雕，專門和日本人作對。日本投降後，他又和解放軍作對，最終被解放軍剿滅。

崔姓源於西周時期的齊國，根據多種古籍記載，崔氏出自姜姓。齊國是西周初周武王分封的重要諸侯國之一，建都於臨淄（今山東淄博市），開國君主是呂尚。呂尚本來姓姜（即姜太公），因為他的先祖被封於呂（今河南南陽），從其封姓，故稱為呂尚。呂尚的兒子丁公佶，是齊國的第二代國君。他的嫡子叫季子，本來應該繼承君位，但卻讓位給弟弟叔乙（乙公得），而自己則住到食采地崔邑（今山東章丘縣西北），後來以邑為氏，就是崔氏。崔氏家族是新泰的名門望族，原籍山東沂州府沂水縣，明中葉，其太公祖崔瑾遷居山東新泰城東苗莊。瑾生榮，榮生文奎。崔文奎字應宿，號松溪，明成化丁酉舉人，登甲辰科進士。授刑部主事，南京工部尚書，嘉靖乙酉致仕，進階一品，九十一歲卒。上增太傅，晉光祿大夫，並在縣署前立司空坊。

《新泰崔氏族譜》共分四卷，卷一為序跋藝文等，其餘各卷為正文。族譜在民國二十一年（一九三二年）編成，由岱東石印局石印。《新泰崔氏族譜》做工印刷精細，內文除空白外，每頁九行、每行二十二字。正楷字前後大小一致，墨色濃厚，表線齊整，用白色四股線訂裝，白宣紙黑線邊題簽，藍綾包角，外為細藍洋布骨針套。

崔氏家族在歷史上曾四修石譜，清乾隆四年九世孫崔嵩創修石譜，清道光四年十二世孫崔中清續修石譜，清咸豐四年十三世孫孝德和淑身三修石譜，及清光緒二十五年由十四世孫朝賢、曰溫等八人四修石譜。民國二十一年由十六世孫守業、守經、守銘、守正、守田、全文、全章等人組織第一次族譜纂修，主編守業。《新泰崔氏族譜》採用表格形式排列，族中孝子及德行卓著者皆有傳略，命婦及貞節烈婦亦有傳略。《新泰崔氏家譜》中過嗣者必注明嗣子二字，於其生父名下則注明某子出嗣。義子一般不載族譜，加載者也必注明義子，以別正宗。

卷一有青州益都縣日本東京高等師範畢業生扈維周、國立北平大學法學院政治學士曹鳳崗、前清歲貢生候選訓導徐一湘及崔氏十六世孫守業、守經、守銘、守田等七人所寫序言。有舊譜碑序，有重修祖廟及祖碑帽捐款啟示，有建立崔氏宗廟碑記，有續修祖碑記，有明工部尚書崔文奎等人撰寫的〈重修寶泉寺記〉、〈重修安平橋記〉、〈重修正覺寺記〉、〈重修城隍廟碑記〉、〈重修徽泉廟記〉、〈重修崇慶寺記〉、〈科貢題名記〉、〈重修碧霞宮記〉等數篇文章。還有管理族林祠堂規則十條，祭祖告墓文，保護林碑樹林告白，以及墓表、塋誌、匾文等。還附有四十餘位知名族人及節婦的傳略。

崔氏行輩：（十五世～三十世）世守家傳，錫慶基昌，載興以仁，咸紹鴻祥。

譜後附有一印譜合同書，從中得知，該譜共印刷二百冊，花費六百四十元。

二〇〇二年三月二十三日於秋緣工作室

【原載二〇〇三年四月二十一日《北京日報》（北京）】

關於〈第四種感情〉

一日，突發靈感，寫了一篇有關網路的小說，題目為〈第四種感情〉。小說寫的是在網上相識的魯和燁，因有一些共同的經歷和愛好，兩人聊得非常投機，並漸漸地產生了感情。而這種感情是除親情、友情、愛情之外的第四種感情。這種感情比友誼多一點，比愛情少一點，是介於友情和愛情之間的一種感情。兩人都渴望著相見的機會，正巧魯要到燁所在的城市開會，魯經過激烈的思想鬥爭，終於通知了燁，燁急切地盼望著魯的到來。當魯在機場候機室等飛機時，從報上看了一篇〈相逢何必去相識〉的文章，一下子提醒了他：他們之間的這種感情與友情相比，多了一份來自異性的吸引和魅力，其豐富雋永的意蘊不是單純的友情所能比擬的，但如果前進一步，就會造成彼此的傷害。魯覺得還是保持這種純潔的情感好，於是他撥通了燁的電話……

魯和燁終究沒有見面。

小說寫出後，幾個朋友都說寫得不錯，但我一直沒向外發稿。我想，既然是寫網路故事的就在網上徵求一下意見吧，因為在網上彼此都不認識，可以聽到真實的批評。

我先把小說發給了一個叫「微笑如花」的網友。

很快就收到了她的回覆郵件：

寂寞且感情豐富的人都有一顆敏感而脆弱的心，他們的期望和編織夢想的能力正是這人世間最美最動人的故事的來源。魯與燁的感情本不屬於第四種情感，這世間本也沒有第四種感情。如果非要定義為第四種感情，那也是自欺欺人！其實那就是愛情，你不信也罷！所以不要談什麼「紅粉知己」與「鬚眉知己」之類。當愛情來臨時，容我放縱吧！

她認為世上根本不存在這種感情。

再次上網時，忽然看到一個網名叫「第四類感情女」的人，我想，她既然叫這個網名，肯定對第四類感情有獨特的見解。

我馬上向她打招呼：「你對第四類感情怎麼理解？」

她說：「說說你的看法。」

我說：「因為我剛寫了一篇題目為〈第四種感情〉的小說，所以想聽聽你的看法。」

「是嗎？你能不能發給我看看。」她馬上打出了自己的電子信箱。

我把小說發了過去。

十幾分鐘後，她回答說：「這是網路故事，我說的是現實生活中的。」

我說：「在網上和現實生活中是一樣的。」

「你認為這種感情在實際生活中能存在下去嗎？」

「這種感情是很難把握的。」

「這正是我想說的，可是我不能接受它不存在的說法。」

「說說你的看法。」

「我覺得這種感情不是情人之間的那種感情，因為它和性扯不上關係。它更多的是來自於兩人之間的牽掛，相互的吸引和欣賞，我認為那是過於美好的感情。」

「你是不是正處在這種感情之中呢？」

「曾經。但是不久就夭折了。」

「現在解脫出來了？」

「可是我有點放不下，因為美好的東西人人都想擁有。」

……

一位女作家看了後，也發表了意見，她說，第四種感情很美，又是不違背道德規範的一種感情，在中國這個幾千年的文明古國裏，這種感情彌補了現實生活中的缺憾，無形之中扼制了當前社會上道德淪喪以及無數個婚姻破裂造成的惡性循環，符合中國的民情，能引起人們的共鳴。

現實中的人們為了工作、生活，大腦整天處於高度緊張的狀態，閒下來時，又感到空虛，寂寞的心靈急於找到一個精神的家園，第四種感情也就應運而生。第四種感情是美好的，是人人都嚮往的一種感情，它的擁有者只會是素質較高的人，經雙方的細心呵護，它會使人們產生一種精神力量，否則，就會使人墮落了。

二〇〇一年八月二十六日於平陽北郭

寺廟、殘碑及其他

偶到一小鎮採訪，聽說該鎮為開發旅遊資源修復了一座古寺。我曾到過那座古寺，印象猶新，殘碑斷碣，大殿漏頂，後殿坍塌，僅存殿基。據縣誌記載，該寺建於東漢，寺貌巍峨，為當時一方巨觀。明清曾數次重修，解放後，因無人管理，以致敗廢。完成採訪任務後，我們便驅車前往拜謁。寺院的院牆是根據原樣依曲就彎重建的，寺院分前後兩進院落，前殿、大殿和後殿在原基上重修，又增加了東西配殿和偏殿，各殿都重塑了神像。但因房子多，顯得擁擠。一位看殿的老者熱情地為我們義務解說各殿供奉的神像、歷代修寺化緣的情況，以及有關寺廟的傳說故事。老人雖說不識字，但滿肚子的故事，大殿前，有左右兩排石碑，有的石碑完好無損，左面一排則是由一些殘碑拼湊的，有些是半塊碑，有些只有兩個字，一些文字完全不相干的殘碑硬是用水泥沾在一起，湊起了平整的一排。有些殘碑並不一定與寺有關。我問老人這些碑的來歷，他說，大碑是從兩米深的渠道裏挖出來的，那些一小塊一小塊的殘碑是四處揀來的，當地村民只要發現有字的石塊就送到了這裏。他用手撫摸著一塊老百姓剛剛送來的三十公分見方的殘碑說：「誰要說出這碑是哪個朝代的，我出五百塊錢獎勵他。」老人滿臉的虔誠。這位老者只要看到有文字的殘碑就視若珍寶，這種對文化的崇拜，真是可敬。可嘆那些刻有文字的斷碑，被沾在一起時，相互連接處的文字讓水泥糊住了，匠人的初衷是想保護文物，哪裏知道，這粗劣的修補又是一次破壞呢？

看著老者神聖的表情，我不禁想起了朋友寫的一篇小說，文物專家聽說一個村裏的祠堂歷史久遠，要前往考察，市裏通知縣裏，縣裏通知鄉裏，為了做好接待工作，鄉裏和村裏趕在專家到來之前對祠堂進行了裝修。當專家們看到煥然一新的祠堂時真是苦笑不得。對於文物的修復，要在專家學者的指導下進行才行，對旅遊景點不能單憑一腔的熱情盲目地開發，在景點上蓋一些不倫不類的房子，就像美女頭上長了疥瘡一樣，讓人看了不舒服。更有甚者，由於開發者的無知、武斷，竟把一些自然景觀給破壞了，這不但無功，反而有罪。

這種現象不僅僅出現在旅遊景點的開發上，一些急於製造形象工程的官員，毀掉大批農民賴以生存的土地，大搞開發區，建起了一排排的車間，再用盡一切辦法招商引資，被坑騙現象時有發生。有的部門還引進了一些外國人避之唯恐不及、對環境污染十分嚴重的化工企業，主管人還竟然對著電視鏡頭大言不慚地大擺自己的政績。悲夫！

二〇〇四年十一月二日夜於秋緣齋

《新邑羊流郭氏支譜》序

族之有譜，猶如國之有史，國不可一日無史，族不可一日無譜。夫觀天地之間，未有無本之生物，太極生二儀，是天地之固本，萬物之發源也，是於天地也。人之本，則祖而矣，人生查其本源，莫大於尊祖，莫重於敬宗，尊祖敬宗莫先於修譜。夫族譜者，以其錄世系之冊。然由一世而百世，既以見載世之長久，自一支而百支，藉以垂世系之不紊。

郭氏源出姬姓，其先蓋出周文王弟虢叔。虢謂之郭，聲之轉也，因以為氏。是虢叔為吾郭姓之始祖也。郭族於春秋時以太原為中心，族裔分布河南、陝西、山東、河北等地；至漢，又播遷於內蒙、甘肅、四川及安徽；李唐之世，兩次移民福建；南宋之際，始入廣東；明末清初，自閩入臺，成為臺灣十大姓氏之一。延續於今，已登中華之大望族，人口數量居全國之第十八位。

吾郭世代綿延，名賢輩出，史不絕書，自清上溯，聞名史傳者，凡二千餘。如唐之汾陽王郭子儀，後周之太祖郭威，皆一代之人傑。

羊流郭氏，肇自明初，郭氏族人移民至新邑。見有一泉，泉出平地，汩汩不竭，累累如貫珠，泉周林木交蔭，與水光相掩映，乃天然之景。遂卜居於此，刀耕火種，繁衍生息，並定村名泉里莊，後改郭家泉。清有分支遷羊流，五世祖諱仁、仟二公復遷上裴家莊，至今已百餘年矣。此間，或因戰亂，或因荒歉，有遷居外省外縣者，百餘年來，戶口益增，生殖愈繁，宗派支離，行輩錯亂。竟有同族相見不相識，認族不識世者。癸未春，族侄全培倡議續譜建祠，而族中之明達者，亦皆協力贊襄，醵金付梓，家祠落成，共成盛舉，實我族之興事也。

余喜聚書，尤好方誌、族譜，每得一譜，必沐手拜讀，而後藏之。有修譜者，每每至余齋，以求法焉。族兄郭湧，年少從戎，十年軍旅，星馳萬里，轉戰南北，後定居江南。乙酉春，遊子歸，始知羊流郭氏與余同宗同族。湧兄謂余，羊流郭氏續譜，邀余同行，欣然與兄相攜回里，拜謁家祠。余見族侄全培等人雖耄耋之年，建祠修譜，百勞莫辭，於吾族傳承，厥功甚偉。余感其事，謹濡筆摛辭，以序譜端。

十五世孫郭偉沐手拜撰

二〇〇五年八月一日

【原載二〇〇九年第一期《新泰文史》（山東）】

書香人生

書櫥

擁有書櫥已不再是文人的專利了。

每每看到電視上記者採訪的企業家、政府官員背後都有一排豪華的書櫥，透過明亮的玻璃，你會看到一排排的精裝本，像一列列紀律嚴明的儀仗隊員堅守在自己的崗位上。這些書裝幀亮麗，且極少有簡裝本。大都是馬恩列斯毛選集、大百科全書、文學名著等等。從買來放進書櫥也就結束自己的生命，而書的主人則希望因為擁有這些書而得到別人的尊重，把他當作一位有學問的人，儘管這些學問不在他的肚子裏，而在他身後的書櫥裏。

據說在國外很早就有一種商品——假書。一些聰明的商人專門製造了一種只有書脊、書皮，而裏面則是木塊的假書，供一些附庸風雅的人擺放在書櫥裏做裝飾品。其實在中國也該生產這種「書」，以滿足某些人的虛榮心。

近幾年圖書市場出版了大量的大部頭的、裝幀設計豪華精美的禮品書，千元以上的定價讓藏書家望而卻步，一時間成了送禮佳品。這些書因只是表面豪華，而內文粗製濫造，錯字連篇，而受到冷落，最後不得不按一折處理。

讀書人最在意的是圖書，而對書櫥並沒有過多的苛求。小時就聽母親講，外祖父有一個書櫃，裝滿了書，外祖父視若珍寶，誰都不能亂翻這個書櫃。一次，外祖父用了一車麥子換了一套《本草綱目》。外祖父英年早逝，外曾祖父睹物傷情，便把一櫃的書殉葬了，只有那套《本草綱目》因人借看而留了下來。

讀書人往往把書看得比生命更重要，因此，一些讀書人的後代，即使不識字，也會把先人留下的書當作聖物珍藏起來。一位外地人不知怎麼聽說我藏書，專程趕來，給我送來了他家世代珍藏的幾冊書，當我從他手裏接過那幾本已發黑黃的線裝書翻看時，變脆的書屑紛紛落下，已無法閱讀，只有一套《禮記》因有函套保護，品相完好。我翻看了一下，是清代之物，問是何人之書，他說這書在一個小書櫃裏傳了好幾輩子，也不知道留下這書的是哪一輩祖宗，他說他家林地裏還有一個龍頭碑，看來這位讀書人曾輝煌一時，而後家道敗落了。

著名藏書家唐弢藏書極豐，他對書櫥也沒什麼講究，他的藏書室與圖書館的書庫一樣，不僅環牆放滿了書架，而且屋中央也都是排列成行的書架，人只能在書林中側身穿行。毛澤東著作版本收藏家柏欽水的書房簡直不能叫書房，他收藏的各種版本的毛澤東著作也無法以冊數計算，近四噸的圖書堆滿了藏書室，我想參觀他的藏書，而他的書房根本無法進入，只能站在門外看看，其他兩個臥室也放滿了書，整個一座書庫。

聽說有個人發了財，便把住處布置得富麗堂皇，並花大價錢購買了一些古董，有一座青銅佛像上生滿了綠色的銅鏽，他便用砂紙把佛像打磨得鋥明瓦亮才心滿意足地擺放在博古架上。那些陳列在暴發戶、高官書櫥裏的豪華書籍的命運也大概如此。但他們用書來裝點門面，多少也證明了書的價值，在房間裏放個書櫥總比擺個香案好吧！

二〇〇三年六月十一日於平陽城郊秋緣齋

讀書

有茶清待客，無事亂翻書。

對於一個愛書的人來說，最大的痛苦莫過於剝奪他讀書的權利了。只要見到書就會隨手拿起翻看，即使一些與己無關的書籍，也看得津津有味。

中國人自古以來就重視讀書，便有了「萬般皆下品，惟有讀書高」的論調。宋真宗在《勸學文》裏說：「富家不用買良田，書中自有千鍾粟；安居不用架高堂，書中自有黃金屋；出門莫恨無人隨，書中車馬多如簇；娶妻莫恨無良媒，書中自有顏如玉；男兒欲遂平生志，六經勤向窗前讀。」

讀書也是步入仕途的一條重要途徑，只要耐得住十年的寒窗寂寞苦讀，就有機會加官進爵，飛黃騰達。於是便演繹出了「頭懸樑，錐刺股」、「鑿壁偷光」等一系列的啟蒙故事。

讀書也是人生最大的樂趣。「讀書讀得了一點新知，幾日不吃肉，滿口仍是餘香。」（賈

平凹語）

李清照和丈夫趙明誠在讀書之餘，便以記憶力做賭注，他們常以一些史實、詞句的出處賭輸贏，譬如出自什麼書，哪一卷，哪一頁，哪一行，都要求對答如流，一一道來，哪一個猜中，便舉杯飲茶，滿懷高興。

作家孫犁一世愛書如命，他說：「一接觸書，我把一切都會忘記的，把它弄得整整齊齊、乾乾淨淨，我覺得是至上的愉快。」幾十年間，他為鍾愛的書都包上了書皮，並在書皮上寫下了感受，由此，創造出了一種新的文體──書衣文。香港作家董橋先生對書研究得更為透徹，他把書與人的關係陰柔化、性情化了，他把參考書比作妻子，常伴身邊，卻一輩子都未必翻得爛；詩詞小說是迷死人的豔遇，事後追憶起來，總是甜蜜的；學術著作則是半老徐娘，非打起十二分的精神不可；政治、時評、雜文不外是青樓女子，親熱一下就完了。其風趣幽默令人忍俊不禁，掩卷深思又覺得董橋說得極有道理。

世界上讀書最多的大概要數俄國的魯巴金了，他誕生於一八六二年，逝世於一九四六年。他畢生閱讀了二十五萬本書，寫了四十九部長篇著作和二百八十部科普讀物。他把讀書當作吃飯和睡眠一樣，是生活中不可缺少的一部分，每天都與書為伴。像他這樣讀了這麼多書的人極為少見。

書海無涯，世上的書林林總總，一輩子也讀不完，只能選擇一些對自己有用的書去讀。鄭板橋曾說：「五經、二十一史、藏十二部，句句都讀，便是呆子；漢魏六朝、三唐兩宋詩人，家家都學，便是蠢才。」南北朝時，有個叫路澄的人，從小好學，相當刻苦，青燈黃卷，皓首窮經，行坐眠食，手不離書。可他讀了三年《易經》，背得滾瓜爛熟，卻不明白書的道理，他想編一本宋書，一輩子也沒有完成，人們稱之為「書櫥」。好讀書而又不求甚解，滿腹經綸卻又一事無成，真是標準的書呆子，這樣讀書與不讀無異。讀書是為了吸收養分，達到學以致用才是目的。有些書只是粗粗一讀，了解大體內容即可，有些書就需要細讀，細讀之書不要著急，要讀讀停停，合上書本仔細地去琢磨、去理解、去感悟、去消化，把書的精髓變為自己的思想。

賈平凹提倡對自己喜歡的書，不妨多讀幾遍：第一遍可囫圇吞棗讀，這叫享受；第二遍靜心坐下來讀，這叫吟味；第三遍便要一句一句想著讀，這叫深究。三遍讀過，放上幾天，再去讀讀，常又會有再新再悟的地方。

二〇〇二年一月十日零時於平陽北郭家中

【原載二〇〇二年八月十一日《淮北日報》（安徽）】

說贈書

作家出了新書，總要送一些給親朋好友，這是人之常情。在我的藏書中有幾百冊都是這類贈書。其中有著名作家、詩人的巨著，也有周圍文朋詩友的作品，這些作家簽名本成了我珍貴的藏品。

贈書在不同人手裏，會有不同的命運，有人得到了作家的贈書，會認真閱讀，有人收到了贈書便束之高擱，也有人會隨手丟掉。蕭伯納在一舊書店看見一本自己的作品，取下一看，扉頁上赫然有自己的簽名，題著「送給××——蕭伯納致意」，蕭伯納立即買下了這書，並在原來題款下加上一行「送給××——蕭伯納再致意」。作家孫犁也遇到過這樣的尷尬。孫犁的《白洋淀紀事》出版後，一位老戰友就囑咐給他在外地的小姨子寄一本，孫犁就按地址寄去了一本，他又要了一本，又隨手送給了別人，他再要一本，孫犁就又在書上簽上大名送給他，他拿著書到街上去了。想要找個地方小便時，正巧路過孫犁所在的機關，他就把書交給傳達室說：「我剛從孫犁那裏出來，他還送我一本書哩，你們的廁所在什麼地方？」等他方便出來，也不要書，揚長而去。傳達室的人問：「書哩？」他擺擺手說：「你們看吧！」他用孫犁的書打開了方便之門。這件事把一生愛書如命的孫犁弄得哭笑不得。

一次，我同一位作家在賓館裏見到一位女士，作家便拿出了自己的書，簽上女士的大名，恭恭敬敬地送給了女士，作家走後不久，女士也要離去，我提醒她：「你的書！」她看也沒看就說：「我又不看，要它幹嘛？」我真為朋友感到悲哀，人家都不屑一顧，你充哪門子熱情送給人家書呢？我怕朋友傷心，便把扉頁上的簽名撕去拿了回來。

在一家舊書店裏，我看到了一個朋友送給某編輯的一本散文集，在扉頁上簽著自己的大名，還蓋有這位朋友的圖章。書的品相完好，似乎從未有人翻閱過。書我買了下來，如果讓那位朋友看到了，他會怎麼想呢？作為接受贈書者來說，這種做法確實有失厚道，即使你不喜歡，也該把帶有簽名的扉頁撕掉再處理。作為贈書者也不該不分對象，什麼人都送，你以為你的作品比你的生命都重要，可別人未必感興趣。據說一詩人出了書到處送，給省委書記送去了一本，後來，又去北京給某國家領導人送了一本。當然這些書都是送給警衛員的，但那警衛員不會傻到什麼也轉交首長的程度。

老詩人孔孚出了書，從出版社買回五百多冊送人，少送一本就覺得可能得罪人，結果有兩個文學愛好者先後從舊書攤上買了他的詩集找他簽字，都是五毛錢買的，第一個扉頁已撕去，第二個還帶著他給別人的簽字，他心裏很不是滋味，孔孚說：「以往我每出一本書，去送都是一大包，結果只有少數幾位有回音，大多數連個『收到了』也無。人家並不喜歡你孔孚的詩，你是自作多情。活該！以後好了，再不辦那種傻事了。」後來，中國社會科學出版社出版了《孔孚集》，布面精裝，只印了一千冊，定價五十元，孔孚自己買了三百冊，評論家宋遂良勸他說，這次別送了，這三百冊也不夠送，誰想看誰買吧。宋遂良把這事寫了篇短文發在《齊魯晚報》上，結果不到十天，三百冊書就賣完了，原來他打算送書的只有兩人買了他的書。孔孚把這次贈書改為賣書稱作是一次革命，他說，這一次革命，人們會有不同的想法也正常，那些把贈書當廢品賣了的，是不會花了五十塊錢再去買廢品的。孔孚的賣書革命是一種壯舉，但在中國目前這種環境裏似乎還是一時半會兒不能接受的，你出了書，朋友師長找上門要書，你怎麼去收錢呢？我的散文集《書緣》出版時，石靈君專門送我一枝筆，要我贈書簽名用，我對贈送的每一本書都做了記錄，有送給師長的，有送給朋友的，也有些素不相識的人看了報上的消息上門討要的。之後，每次逛舊書攤，心裏總是忐忑，唯恐看到自己的書。還好，在舊書攤上只看到了我十年前編的那本《中國節日大全》，另外兩本書一直沒有出現在舊書攤上。

二〇〇三年七月十九日於秋緣齋

【原載二〇〇五年九月十三日《泰山週刊》（山東）】

淘書小記

每每流連於舊書攤，一旦發現一本好書，就像淘金者見到了金粒一般，唯恐讓外人買去，也不講價錢，趕緊掏錢買下。回到家中擦去灰塵、撫平皺折、修補傷痕，然後展卷細讀，那種興奮、滿足的心情是難以言表的。發現一本好書都要興奮幾天，如果發現一批好書，那真是讀書人和藏書人不敢奢望的。然而這樣的好事，真讓我遇到了。

二〇〇二年夏天，新汶七彩書社的老板高傳東從北京拉回了幾卡車的舊書。聽到這個消息，我和書友高君、柏君一刻也坐不住了，馬上驅車前去看書。據高傳東介紹，這批書是中共中央黨校圖書館處理的，有十六噸之多。高傳東領我們看了他暫借的三個倉庫，都垛滿了書，根本無法挑選。

高傳東說他的辦公室裏有他們初步整理出來的一些書，先讓我們去看一下。辦公室裏有七八個工作人員在整理、登記圖書，我們便各自挑選自己喜愛的書。這些書全部蓋有藏書章，有中共中央黨校圖書館的藏書章，有中共中央高級黨校圖書館的藏書章，有馬克思列寧學院圖書館的藏書章，有的還蓋有中共中央華北局黨校圖書館的藏書章。對收藏家來說，單是這些藏書章就有一定的收藏價值。

期刊中有一些是二三十年代的文藝報刊的合訂本，其中還有魯迅和周作人創辦的《語絲》合訂本。一本《中國婦女》雜誌的合訂本上有胡繩的親筆簽名，被高傳東收藏起來。

柏君是收藏毛澤東著作版本的專家。幾十年來，他收藏的《紅旗》雜誌一直不全，費了好多功夫也無法補缺，這次意外地一次性補全了。

我從中挑選了不少的好書。有一九七八年人民版十二冊的《莎士比亞全集》，阿英的四卷本《晚清文學叢鈔》，吳晗的《朱元璋傳》、《讀史札記》和《燈下集》，廖沫沙的《紙上談兵錄》，唐弢的《海山論集》，陳原的《書林漫步》，錢鍾書的《管錐編》，曹聚仁的《聽濤室劇話》，惠特曼的《草葉集》，筆記史料著作《南村輟耕錄》、《萬曆野獲編》、《霜紅龕文》，凡爾納的科幻系列小說《機器島》、《神祕島》、《海底兩萬里》、《昂蒂費爾師傅奇遇記》、《蓓根的五億法朗》、《氣球上的五星期》……

我正側重於對新文學運動以來的作品的研究和收藏，在這裏我一下子就找到了十幾本《新文學史料》和《新文學論叢》雜誌。

這些書著實讓我興奮了很多時日，每天在外工作應酬都盼著早點回家，去整理、閱讀那些讓我著迷、讓我陶醉的書……

二〇〇三年八月二十三日於平陽西郊秋緣齋

【原載二〇〇五年第五期《揚州文學》（江蘇）】

淘書續記

二〇〇二年似乎是我二十年來淘書生涯中運氣最好的一年。我在《淘書小記》中記錄了淘到的中共中央黨校圖書館處理的一批圖書，時隔不久，與朋友在一山上聚餐，無意間聽一朋友說起，某單位的倉庫裏有一堆舊書陳放了多年。我讓他聯繫一下，我們能不能去看看，挑一部分。朋友打通了那單位分管主任的手機。也是朋友的面子吧，主任同意了。

聽了這話，我們也顧不得閒聊，匆匆吃完飯，便驅車前往，那心情就像孩子過年前急於想見到大人給買的新衣服一樣。

車到單位門口，才想起我們乘坐的是警車，唯恐引起那單位領導的注意，我們又改乘一輛桑塔納進去。

主任把我們領進了一個由大會堂改成的倉庫，裏面放滿了雜物，在倉庫的一側，我們見到了那堆足有六、七噸重的書，倉庫裏很久沒有進人了，地上一層塵土。我和柏君、高君就像盜賊進了阿拉伯的寶庫，一下子撲到了那堆書上。

我們三人從不同的方向開始挑書。找到一本好書，就扔到一邊的空地上，書本落地就振起一陣塵煙，我們都是愛書如命的人，若在平時我們絕不會這樣待書，但在這兒沒有辦法。這些書放在這兒有十幾年了，書上的灰塵似乎也有了靈性，忽然見到我們的到來，高興的四處飛揚，一會兒便親近地貼在我們的頭上、臉上、衣服上。

正值三伏時節，為了避暑，吃飯我們都跑到幾十里路以外的山上，在這門窗緊閉的倉庫，卻感覺不到熱了。

我們像太陽山上那位貪婪的拾金人，見到這些書都不顧一切了。過了下班時間，主任來催了幾次，我們才停止了挑選，這時我們三個人都已半埋在書堆中間了。如果突然有人進來，看到昏暗的燈光下，我們三人的摸樣，肯定會嚇得大叫。

我們收拾好挑出的書，戀戀不捨地離開倉庫。臉和手上的陳灰用肥皂洗三次都洗不乾淨。興奮得幾乎整夜未睡，先用乾毛巾擦去書上的灰塵，再用濕毛巾擦去封面上的污跡，然後再蓋上自己的藏書章。

翌日清晨，也是一夜未睡的柏君便來叫門，相約再去把未挑的書再淘一遍，這次我們做好了充分的準備。買了一箱礦泉水。帶上擦汗的毛巾。

在書堆裏又奮戰了一天，終於把全部的舊書翻了一遍，滿載而歸。

回家後整理了好幾天，才全部放入書架。估算一下，大約有三百餘冊。這些書中有上海教育出版社一九七九年出版的《新詩選》三卷，《散文選》三卷，《短篇小說選》三卷，《文學運動史料》五卷。一九五八年人民文學版的《許地山選集》，一九八〇年工人版的《趙樹理文集》四卷，有「新文學大系」叢書中郁達夫選編的《散文二集》、夏衍作序的《電影集》，一九五八年十月人民文學版《別林斯基選集》兩卷，一九八一人民文學版丁玲作品集《生活・創作・修養》，一九六二年三聯版白壽彝的《學步集》，還有影印本《第五才子書施耐庵水滸傳》、《老殘遊記》、《魏源集》、《陶淵明集》、《天府廣記》、《容齋隨筆》、《唐人小說》、《李太白全集》、《讀四大書全說》、《樂府詩集》、《龔自珍詩文選注》、《漱玉集注》、《楊萬裏選集》等一部分古典文學作品。

這次又淘到了吳晗的《讀史札記》和《燈下集》，同為生活・讀書・新知三聯書店出版，上次從七彩書社淘到的《讀史札記》是一九五六年二月第一版第一次印刷，發行五千冊，定價一點四八元。《燈下集》是一九六〇年第一版第一次印刷，發行兩千冊，定價零點八一元。這次淘到的《讀史札記》是一九七九年六月第四次印刷，發行六萬兩千三百冊，定價一點一元；《燈下集》一九七九年三月第六次印刷，發行到七萬兩千五百冊，定價零點五六元。

淘得的這些書雖不是什麼孤本祕籍，但也愛不釋手，閒暇之際，展卷細讀，那滋味如飲美酒，如食奶酪，如登高樓。

二〇〇三年八月二十四日下午於平陽西郊秋緣

【原載二〇〇五年第五期《揚州文學》（江蘇）】

網上淘書

自從上了網，在網上看新聞、看電影、下載軟件、發表文章、建立網頁、發電子郵件……世界彷彿變小了，一覽無餘地展現在我的眼前。盡情地享受著現代文明給我帶來的方便，可我怎麼也沒想到，能在網上淘書。

一個朋友告訴我，有一家「孔夫子舊書網」，人氣很旺，我馬上就搜索到了這家網站。網站的首頁不像其他網站那樣花哨，感覺就像三十年代的圖書封面，古樸大方，給人一種親切感。首頁上設有舊書店聯盟、交流社區、舊書拍賣、書衣百影等欄目。在「舊書店聯盟」裏匯集全國各地的幾百家舊書店或賣書人，展示多達十幾萬冊的舊書訊息；「交流社區」是為方便廣大網友個人買賣舊書而提供的功能強大的免費交易社區。在這裏可以根據買賣訊息，與一萬多個書友直接交流、交易；「舊書拍賣」是為書友拍賣一些孤本、珍本等價值較高的舊書而提供的拍賣平臺；「書衣百影」是為了能讓廣大書友擁有自己的書影集，也為了大家能彼此分享精美的書影，而專門開闢的一片天地。

我打開了「舊書店聯盟」，像劉姥姥進了大觀園，不知看什麼好了。隨便打開一家書店，都有數百冊圖書轉讓，上有書名、類別、作者、出版社、出版時間、庫存數、售價、是否訂購、上書時間等等，很是詳細。我對梁實秋的作品情有獨鍾，搜集了大量的梁實秋著作，但一直沒有讀到他的傳記。在讀劉炎生寫的《郁達夫傳》時，在書末我發現劉炎生還寫過一本《才子梁實秋》，一九九六年五月由百花洲文藝出版社出版，但我一直沒有買到。我點擊了一下「舊書查詢」，在書名欄裏填上了《才子梁實秋》再點了一下「檢索」，馬上查到了在這家網站上有三家書店有這本書，真是喜出望外。我從三家書店找了一個最便宜的填寫了訂單，提交了訂單，等到店主確定後，我就記下了我所選擇的那家叫哈哈書店店主的銀行帳號，想等第二天給店主匯款。可第二天我就忙著外出採訪，一連幾天，把買書匯款的事給忘了。過了幾天，我突然收到了一個來自河南省的郵件，打開一看，正是我所需要的《才子梁實秋》，我這才猛然間想起來自己在網上訂了一本書，還沒有匯款呢。以後，我又陸續在網上訂了《新文學史料》、《麗尼散文選》、《眾說郁達夫》、《文人和書》……

之後，一有時間就打開舊書網淘書，還把我得意的藏書書影掃描，發到「書衣百影」裏，在網上為我的藏書建立了影集。

其實，看到一本想買的書不要急著填寫訂單，在網上也要貨比三家，在舊書查詢欄裏打上你所需要的書名搜索一下，看看其他書店有沒有這本書，再對比一下書的品相和價格。我在湖南的「青山特價舊書」店看到有《中國藏書票史話》一書，李允經著，湖南美術出版社出版，該書正文三百一十頁，六十四頁銅版彩色插圖二百一十五幅，原價四十九元，品相十品，售價十三元。我搜索了一下，十三家書店有貨，價格品相不等，最便宜的是「青山特價舊書」十三元，最貴的是北京的「智慧谷書友會」，售價五十元，而且品相才是九品。我便選訂了湖南的「青山特價舊書」的書。

原來，淘一本書，需要親自到書店、書攤去尋覓，有時還要託外地的朋友代購，費時費力費錢。現在好了，在網上足不出戶就可以遍覽天下圖書，想買什麼書，只要輕輕的一點，就可以找到，用不著的書還可以在「舊書交流」裏賣出。網上書店，又為藏書家提供了一個嶄新的天地。網上淘書，其樂無窮！

二〇〇四年元旦之夜於《泰山週刊》編輯部

【原載二〇〇五年第五期《揚州文學》（江蘇）】

小書攤上淘舊書

通天街上有兩個舊書攤，書攤的主人是父子倆。別看書攤小，可經常有好書出現。他爺倆進貨渠道和別人不一樣，他們的貨源大都來自周圍地區大型的圖書館、資料館、閱覽室。有些書是圖書館處理的，有些書大概是圖書館的管理員私下賣給他們父子的，因為品相完好，出版才幾年的書圖書館是不會處理的。當然也有一些書是從外地舊書市場購進的。

他們一般在星期六外出購書，因此星期天到他的書攤買書的人特別多。一次我去晚了，眼看著姜德明的《文林枝葉》讓別人捷足先登拿在手裏。姜德明是繼著名藏書家唐弢之後的書話大家，他的書我已有《姜德明書話》、《餘時書話》、《書坊歸來》和《流水集》，這本《文林枝葉》是我嚮往已久的書，我求他轉讓給我，或者換書，那位書友也是愛書如命，他說：「山東畫報社出版的這套『雜家雜憶叢書』，我就缺這一本了。」與一本好書失之交臂，非常可惜。從那以後，每個星期天早晨，我都和石靈早早開車來到通天街，街上有個早點攤，有時我們就一邊吃早餐一邊等候他父子出攤。

從這個書攤上我淘到了不少好書，有好多是山東畫報出版社出的書，圖文並茂，品位也高，讓人愛不釋手。二〇〇二年山東畫報社出了一套「現代名家遊記散文攝影珍藏版叢書」，一批攝影藝術家根據這些名家散文拍攝了大量的藝術圖片，使得全書文字與圖片以一種最為獨特的方式結合了起來。這套叢書我先後淘到了徐志摩的《我所知道的康橋》，蕭紅的《呼蘭河傳》，郁達夫的《釣臺的春晝》，朱自清的《歐遊雜記》、《槳聲燈影裏的秦淮河》，曹聚仁的《湖上雜憶》，朱湘等人的《北海記遊》和史鐵生的《我與地壇》。山東畫報版的還有豐子愷的抒情漫畫集《幾人相憶在江樓》、胡考漫畫集《今人物誌》、孫犁的《書衣文錄》和《芸齋書簡》。

《「讀書時間」四十二本書》是從一九九八年至二〇〇〇年，中央電視臺「讀書時間」節目組對作家就他們的作品做的訪談內容，精選了四十二篇。涉及大江健三郎、張潔、馮驥才、余秋雨、阿來、黃永玉、王安憶等，是一本非常耐讀的書。

山東畫報社策劃的「老照片」系列書出版後，在全國出版界引起了一陣老照片旋風。江蘇美術出版社還搶先注冊了「老照片」商標，並引發了一場版權官司。山東畫報出版社二〇〇一年八月又以《風物流變見滄桑》、《另一種目光的回望》、《百姓自己的歷史》、《塵埃拂盡識名人》為題出版了老照片精選本。這四本十六開，每冊近二十個印張的書，花了三十一元就買到了手。

當我看到黃苗子題簽的《百美圖》時，就一把抓在手裏了，這是《文藝報》編輯包立民編著的當代文藝家自畫像集，二十開本，每頁一位文藝家的自畫像，後面附有包立民寫的介紹文章。全書分上下兩卷，一九三〇年以前出生者入上卷，後者入下卷，一九五〇年後出生的均未收選。入選文藝家二百四十三人，其中有二十幾位藝術家已去世。這套有較高收藏價值的書定價六十元，攤主要價才十五元。這時我身旁一位淘書者一直盯著我手中的書，一個勁地說來晚了。

小書攤上的書要價便宜，季羨林散文集《賦得永久的悔》，一九九六年一月由人民日報出版社出版，要價三元；一九八四年七月三聯版《傅雷家書》（增補本）兩元；二〇〇二年七月內蒙古文化版梁實秋的《雅舍小品》、《雅舍雜文》、《雅舍情書》三本書十元。

從書攤上還先後淘得了陸蠡翻譯的屠格涅夫的兩部長篇小說，一本是一九五七年十二月人民文學版，麗尼校的《羅亭》，張守義設計的封面；另一本是一九八三年八月上海譯文版《煙》。

一次見書攤上有山東文藝出版社出版的張煒中篇小說集《海邊的風》和韓少功短篇小說集《歸去來》，版本小巧，印刷精美，也沒細看內容就用四元錢買了下來，回到家後，打開張煒的《海邊的風》時，才發現書裝訂亂了，只有一頁到四十六頁的內容，反覆了多次，是一本廢品書。再看韓少功的《歸去來》，更是荒唐，內容是張煒的小說，和張煒的書只是換了一下封面而已。憑我多年的經驗，這兩本書不是盜版書，是印刷廠裝訂錯了。本想退回去，又一想，搞紙幣收藏的以錯版幣為奇品，錯版的郵票對集郵者來說是夢寐以求的，我也乾脆收藏兩本錯版書吧，這兩本書真成了名副其實的「藏」書。

二〇〇四年二月十四日情人節於《泰山週刊》編輯部

【原載二〇〇五年第五期《揚州文學》（江蘇）】

關於毛邊本

我國上世紀二三十年代，曾流行一陣毛邊書，所謂的毛邊書就是「三邊任其本然，不施切削」（魯迅語）。魯迅、周作人、郭沫若、郁達夫等人都曾採用毛邊形式出過書。魯迅還自稱為「毛邊黨」，他的《域外小說集》便是採用毛邊本，他的《二心集》印行時未得他的同意切成了光邊。為此，他很不滿意。後來魯迅編的雜誌《莽原》、《奔流》、《語絲》等都是毛邊裝訂。

解放後，一九五七年臧克家主編的《詩刊》創刊號採用毛邊本，但毛邊本只出了一期就完全切邊了。

毛邊本只在個別自稱為「毛邊黨」的人群中送來送去，當今書店裏是很少看到的。據說有家出版社曾有意將毛邊本上市流通，當毛邊的《魯迅雜感選集》發貨到書店，竟被原包退回，書店還責怪說：「書不切邊，半成品就發貨，太不負責任了！」書店尚且如此，普通的讀者更不會接受了，偶爾見到一本毛邊，便驚呼「出了次品！」這也絕非笑聞。

魯迅對毛邊本情有獨鍾，他的很多作品都交代印刷廠給他留有數本三面不切邊的毛邊書。他在給蕭軍的信裏說：「切光的都送了人，省得他們裁，我們自己是在裁著看。我喜歡毛邊書，寧可裁。光邊書像沒有頭髮的人——和尚或尼姑。」周作人曾寫道：「有人要毛邊，有人不要毛邊，這是個人的嗜好問題，不是理論可以解決的，書店的唯一辦法便是訂成毛邊與非毛邊的兩種，讓主顧自由選擇，但是似乎因著經驗的教訓，現在書店大抵多訂非毛邊的書發售，以致如原先那樣買毛邊書的人也無處尋找，實在是很對不起的，雖然這是現代德謨克拉西的規則，少數應該服從多數，不管多數的意見如何。」

藏書大家唐弢先生在一篇談論毛邊書的文章中曾這樣寫道：「我也是『毛邊黨』黨員之一，購新文藝書籍，常要講究不切邊的，買來後再親自用刀一張一張地裁開，覺得另有佳趣。」唐弢對毛邊書特注情感：「我之愛毛邊書，只為它美——一種參差的美、錯綜的美，也許這是我的偏見吧；我覺得看蓬頭的藝術家總比看油頭的小白臉來得舒服。」

有人說讀毛邊本讀完一頁，裁開一頁，對每一頁都滿懷期望，都有新鮮感，好像在字裏行間探幽索隱，享受品書的快樂。試想一本書讀到精彩之處，卻要找竹刀去裁書頁，那是多麼掃興的事呀。

但在這個世界上只要有新的東西出現，就會有人要。缺者為貴，在古舊書刊拍賣會上，毛邊書價錢貴得驚人，《北美印象記》（一九二九年上海金屋書店版）毛邊本，九百九十元成交；魯迅校錄《唐宋傳奇集》（一九三四年上海聯華書店版），毛邊本，九百九十元成交；阿英《義塚》，一九三〇年版毛邊本，八百八十元；臧克家《烙印》，一九三三年版毛邊本，七百七十元成交。

有人認為毛邊本只是一種半成品。如果以毛邊本的形式發行，那是書的變異，是一種怪胎。這種毛毛草草的書放在書架上高低不平，像一列殘兵敗將，不能叫美。

姜德明曾撰有〈告別「毛邊黨」〉一文，文中說，他主編的《北京乎》出版時也曾留有幾十冊毛邊本，寄給了朋友。孫犁給他寫信說：「從昨天上午收到你惠寄的書，就開始了裁書的工作，手眼跟不上，直到今日上午才把兩冊裁完。這當然是雅事，不過也耽誤先睹為快的情緒。心急讀不了毛邊書，這就是結論。當年魯翁提倡，然而『毛邊黨』後來沒有普及，恐怕就是這個緣故吧？」想想毛邊書確實給讀者帶來不便，便聲明退出了「毛邊黨」。

在濟南舊書市場，一位店主見我翻閱齊魯書社出版的三十二開本的《藏書家》雜誌，就從抽屜裏拿出了一本《藏書家》說：「我這兒有毛邊本，你要不要？毛邊本有收藏價值。」我只是笑了笑把那本「毛邊本」還給了他。

現在新出版的毛邊書在書店裏極為罕見，也只是作家們出書時自己留部分毛邊書與同黨交流。湖北十堰市新華書店的毛邊書局，是全國唯一專營毛邊書的書店，在「孔夫子舊書網」上也開有網上書店，是現代「毛邊黨」藏書的主要來源。我的第一部毛邊書是龔明德老師寄給我的由他責編的《董橋文錄》，陳子善編，一九九六年四川文藝版。第一次拿到毛邊書，手頭也沒有準備魯迅先生用的那種專用竹刀，我便一手拿書，一手持西瓜刀，邊裁邊讀。正巧一客來訪，見狀問，你這是幹嘛呢？毛邊書閱讀起來確實有些不便，書頁參差，不好翻頁。我讀毛邊書，總是先用刀裁好再去讀，可總有頁碼漏裁，特別是晚上躺在床上讀書，手中無刀，便找名片之類較硬的東西去裁，這樣往往把書頁裁得更加參差。

隨著書友的增多，我書架上的毛邊本也越來越多。淄博袁濱的《草雲集》、南京董寧文的《開卷閒話續編》、成都龔明德老師的《書生情趣》……看來，這些師友們大有非要把我發展為「毛邊黨」之勢。

二○○三年十二月六日於《泰山週刊》編輯部

二○○五年五月二日二稿

【原載二○○五年六月十日《亞美時報》（美國）】

六月書事

二〇〇五年六月一日　星期三

致浙江工業大學人文學院張欣教授函：「從上次白馬石作家創作基地掛牌儀式後，再沒有見到你，後來聽說你調到杭州工作了。從《開卷》、《書友》、《芳草地》上經常看到你的文章，但一直不知你的地址。前幾天，董寧文給我寄來他的《人緣與書緣》和《開卷閒話》的信封背後，正巧有你的地址，也是天意。現把《泰山週刊》給你寄去幾份，請你指教。」

收內蒙古電視臺「頂級探訪」製片人、書友張阿泉寄來的《躲在書籍的涼蔭裏》和四份《清泉報》，阿泉在書的扉頁上題道：「泰山郭偉同道，書林添葉，張阿泉」。《躲在書籍的涼蔭裏》，二〇〇一年八月四川文藝版，責任編輯龔明德，嘆鳳序，楊民、谷林分別作跋。嘆鳳，乃四川大學張放教授，著有《文苑星辰文苑風》，張放教授說張阿泉像徐志摩，正巧我的同事石靈也有徐志摩之稱，真想把二人約到一起對比一番。

晚上，我給阿泉打電話說，書收到了。阿泉說，我現在成都的街上和明德兄散步呢。

貴州《三聯貴陽聯誼通訊》編輯部袁伯康寄來二〇〇五年第二期《三聯貴陽聯誼通訊》一份。

南京大學徐雁教授發來一組關於《中國舊書業百年》一書的書評稿件。

二〇〇五年六月三日　星期五

上午，與姜德明先生通電話，我問他，寄給他的《泰山週刊》是否收到，他說：「在泰安能辦出這樣的報紙，真想不到。能設一個專門的書話專版，也很難得，辦得非常好。一定要堅持下去。」我說：「您是專家，還請您多多指導，十月份，《芳草地》編輯部舉辦的第三屆全國讀書報刊研討會，您去嗎？」他說：「我家離譚宗遠那兒很近，我會去看望你們的。到時，請你到我家裏玩。」

姜德明是全國書話大家，曾任人民日報出版社社長，出版有大量的著作，他主編的「書話叢書」分上下兩輯，上輯有《魯迅書話》、《周作人書話》、《鄭振鐸書話》、《阿英書話》、《巴金書話》、《唐弢書話》、《孫犁書話》、《黃裳書話》；下輯有《夏衍書話》、《曹聚仁書話》、《胡風書話》、《葉靈鳳書話》、《陳原書話》、《姜德明書話》、《倪墨炎書話》和《胡從經書話》。這套書話集，是中國書話界的經典之作。

下午，收到甘肅《隴南文學》編輯部副主編尚建榮寄來的二〇〇五年第一期《隴南文學》。這期雜誌「本期力薦」欄目裏發表了我的《書林漫筆》，該文一萬四千餘字，由二十八則讀書隨筆組成。《隴南文學》由甘肅隴南市文藝創作研究室主辦，國際十六開本，一百一十二頁，設有「本期力薦」、「小說天地」、「三人行」、「散文隨筆」、「現代詩潮」、「古韻新聲」、「文藝評論」、「序與跋」等欄目。

收到安徽《散文家》雜誌社執行主編許俊文寄贈的二〇〇五年第六期《散文家》。《散文家》，月刊，設有「首頁散文」、「民間語文」、「心靈之約」、「校園在線」、「紅塵白羽」、「域外美文」、「一週專欄」、「散文兄弟」等欄目。

二〇〇五年六月四日　星期六

與濟南書友自牧、徐明祥一直是書信往來，沒有見面。二兄相邀多次，今天撥冗前往，順便到中山公園淘些舊書。

不知何故，舊書市場上的好書不多，轉了兩個小時只淘到幾本。

一九八六年四月山東教育版的《中國現代作家評傳》秋緣齋原來藏有三、四冊，今天找到了一、二冊。這套《中國現代作家評傳》共收入現代文學史上不同時期、不同思想傾向、不同風格流派和文學樣式的作家評傳八十四篇。全書分四卷出版，第一卷，「五四」前後至一九二七年；第二卷，一九二七至一九三七年；第三卷、第四卷一九三七至一九四九年。評傳的排列，大致以作家從事創作或發表有影響的作品先後為序。每一作家評傳後，有附錄兩種：作家主要作品和論著目錄；作家研究的重要專著論文、年譜傳記和資料索引。

《梁啟超讀書生涯》，王心裁著，長江文藝版。書後附有〈梁啟超生平讀書著述年表簡編〉。

《滑坡》，劉玉堂著，短篇小說集，一九八九年九月華藝版，書中收入〈山裏山外〉、〈人印兒〉、〈臨時工〉、〈水下的村莊〉等短篇小說十四篇。

《濟南圖書館誌》，三十二開精裝本，二〇〇三年六月濟南版。

《張中行自選集‧南郭竽聲》，世紀學人文叢，季羨林主編，一九九八年十月山東教育版。

《任孚先序跋集》，任孚先著，二〇〇〇年十二月山東文藝版。收入任孚先序跋一百篇。

簽名本。

前天，右臂有些受涼，酸痛難忍，在濟南一直堅持著，回來後，去做了按摩拔罐，效果不大，忍痛堅持打了上述文字，明日再敘。

二〇〇五年六月五日　星期日

昨天上午十點，來到自牧供職的省委機關醫院，徐明祥早就等在自牧的辦公室裏，一眼就認出了自牧、徐明祥。

自牧就從櫥子裏拿出了兩套由他主編的二〇〇二年十一月作家版的《久久文叢》十冊，分送給了我和石靈。這套叢書有自牧的《疏籬集》、徐明祥的《書脈集》、魯丁的《心遠集》、于鶴翔的《山水禪思》、楊棟的《山窗集》、周雁羽的《真水無香》、張洪興的《彩色之旅》、俞小紅的《殼旅春夢》、張達的《藻思集》、孫繼泉的《楝子花》和李貴森的《抱樸集》。

自牧在他的《疏籬集》的扉頁上題曰：「自放幽香不爭中」；徐明祥的《書脈集》，秋緣齋已存，這次，徐明祥專為我找了一冊毛邊本，在扉頁題道：「郭偉先生於濟南中山公園舊書攤淘得拙著《書脈集》，因此而相識，而結緣。特贈毛邊本以留念。」《心遠集》的作者魯丁是位上校軍官，他在扉頁上寫著：「郭偉先生雅正，酒後辭不達意，畢竟心底故事，今贈吾兄郭偉，睡前籍以催眠。」魯丁還留有一信：「郭偉兄：剛才接自牧電話，稱吾兄將於明日抵濟公幹。不巧的是，我將於明日返籍（高唐）上墳，不能恭候於濟，深感不安。好在來日方長，想將來定有機會相見。丁人不在，但酒不能缺，務請多喝兩杯哦。另，丁曾於前年胡弄了一名為《心遠集》的小冊子，特請自牧代為送上，請雅正之。言多紙短，聊表念意。順祝撰安。弟魯丁。」

自牧還送了《日記報》第三十二至三十六期；《閒得集》，趙鶴翔著；《三樂集》，鳴林著；《齊魯英才》，自牧主編；三本書皆為二〇〇三年四月青海人民版的「豐收叢書」，自牧、自然主編。《凝望綠色》，宋道敏著，二〇〇四年十二月作家版，世象叢書，段華、自牧主編；《南北集》，自牧、孫桂生著，毛邊本，二〇〇三年六月中國新聞版，百味叢書。這是自牧和北京孫桂生自一九九九年至二〇〇二年，四年間的通信集，王學仲題簽；《四面集》，自牧、潛廬、魯冰、魯丁四人合集，二〇〇三年六月中國新聞版，百味叢書，峻青題簽；《淡墨集——自牧及其作品》，潛廬編，新視野批評文叢，二〇〇〇年十月中國文聯版。這是一本在書話界較有影響的書，書中收錄了各地作家、書友寫的介紹以及評論自牧作品的文章、書信等。配有大量的圖片及作家手跡，圖文並茂。龔明德序，潛廬跋，書末附有〈《百味齋日記》

總目〉、〈《百味齋日記》發表、出版簡目〉、〈自牧著作及主編、選編書目〉。扉頁題跋：「我以我文行我法，甘為人弟不為師。」自牧、徐明祥共同落款。

二〇〇五年六月六日　星期一

安徽《散文家》雜誌執行主編許俊文電話說，我的散文發表在今年第四期《散文家》上。他給我寄了幾次，我都沒有收到，後來收到了第五期和第六期。我忘了當初給他寄的是哪篇稿子，可能是〈用愛打開塵封的記憶〉，因當初沒有消息，我又把稿子寄給了《散文百家》，前幾天，《散文百家》的高玉昆告訴我，那篇散文已排在第七期。如果都發出來就重複了。

二〇〇五年六月七日　星期二

從流浪社區的「遊戲文學」欄目裏，看到了常州的《翠苑》雜誌第三期目錄，我的散文

〈那泉・那村・那人〉也在其中，現在還沒有收到樣刊。

《翠苑》雜誌是常州市文聯主辦的一份有全國統一刊號的純文學雜誌。我只是從網上看到該雜誌，紙刊還一直沒有見過。

濟南徐明祥用電子郵件發來一文〈讀《趙冬有太極拳肖形印譜》〉，信說：「濟南一聚，很愉快。一本四塊錢的破書，在您的努力下，竟扯出這麼一段書緣，想想頗有意思。奉上小稿，如刊發，請直接寄一份給湖南常德市群眾藝術館趙冬友，或可再結書緣。在濟南時我給您的兩張照片作插圖，能讓讀者有個直觀像。」

族兄郭湧來訪，郭湧老家新泰市羊流鎮上裴家莊村，今年七十五歲，十三歲參加革命，參加了多次大的戰役，多次立功受獎。解放後，轉業浙江省德清縣，任文化館長，係浙江省書法家協會會員、湖州市書法家協會副主席、德清縣書法家協會主席，出版有《郭湧劇作詩文選》，他創作的電視連續劇《莫幹劍》由原公安部部長王芳題寫片名，在各級電視臺播放。

我們去年在市政協牛其坤的介紹下認識。當時我說，他的先祖是從我的老家遷走的，是一家人。儘管他的年齡大得多，也不能相論，等他回老家問清楚了行輩再說。今年才知道，我們是兄弟。他的妻子王秀梅是少將王建青的親侄女，從小訂親，一同參加革命，以縣處級轉業。去年老倆口回新泰，在西關買了一套一百四十坪的房子，冬天回浙江，夏天住新泰。落葉歸根，老年之心態。老倆口到烈士陵園給三叔王建青掃墓，隨即萌發了在烈士陵園的後面公墓買墓穴的想法，並馬上辦理了手續。

他送來了他自撰的墓誌銘，讓我修改，我只是提了個別的修改意見。

二〇〇五年六月八日　星期三

收到六月六日第二十三期《舊書訊息報》，在四版頭條發表了我的〈《魯迅序跋集》的出版〉。

收浙江工業大學人文學院的張欣教授函曰：

郭偉兄：

收到大示並《泰山週刊》，非常高興，非常感謝！

我來杭州已近三年，看到家鄉的報紙，聽到來自家鄉的聲音，真的感覺愉快。沒有想到《泰安廣播電視報》創辦了《泰山週刊》，也沒想到編輯部設在了新泰，而且還有郭兄擔任執行總編，可喜可賀！

能與《開卷》、《書友》、《芳草地》建立起聯絡，極好！這三個民刊，雖不公開發行，但影響範圍往往比許多公開發行的刊物還大。盼《泰山週刊》和他們建立起更深層次的協同關係，或者以「副刊」的形式，專門出一個內容更接近「文化・讀書」的單章。

最近又有什麼新作？

承兄不棄，我可要擠進《泰山週刊》的作者隊伍了！先附上兩篇短文候審，請費心。

過段時間，當寄上一本小書。

祝好！

張欣

二〇〇五年六月九日　星期四

蘇州古吳軒出版社副總編王稼句寄來《秋水夜讀》一冊。該書與龔明德的《昨日書香》同屬「六朝松隨筆文庫」，雷雨、秋禾主編，二〇〇二年五月由東南大學出版社出版。書分「燈下零墨」、「開卷偶記」、「櫟下序跋」和「夜航雜存」四輯，凡九十三文，皆書人書事。

王稼句信中說：「我禍棗災梨，印了一些書，不知道你是否有存，不要重複了，如一本沒有，那就最好。知道你喜歡書話，就寄上《秋水夜讀》一冊，聊供消遣。關於書的隨筆，山東畫報社還有一本，年底印出，也當奉上。我一般不買書送人，但對真正的愛書人，自然例外。我凡寄書，都掛號，請放心。

泰山總有機會來的，以後你可搞個筆會，我將李輝、止庵、祝勇、徐魯等都找來，好好敘敘。」

江蘇《翠苑》雜誌副主編馮光輝寄來第三期《翠苑》二冊，這期雜誌發表了我的散文〈那泉‧那村‧那人〉。

下午，接上海華東師範大學陳子善教授電話稱，發表「《開卷》創刊五週年座談會專刊」的那期《泰山週刊》收到了，但是「《舊書訊息報》創刊五週年座談會」那期沒有收到，這兩期報紙都有陳子善教授的發言，《舊書訊息報》那期還有陳教授的照片。現在的郵局真成問題，明天再給陳教授補寄。

二〇〇五年六月十日　星期五

收北京《芳草地》主編譚宗遠寄來二〇〇五年第三期《芳草地》一份，這期的雜誌上有袁鷹、朱正、陳四益等大家的文章，還讀到了子張的《「南山」何以「北調」——兼說徐志摩遇難處》。該刊的內容編排、配發的書影，讓人看了非常舒服，是一些全國知名雜誌都無法比擬的。這期有山西藏書家楊棟的兩個書影《梨花樓書簡》和《書樓集》，介紹說楊棟從一九九一年出版第一本書始，已有近二十本書問世。原來在自牧和徐明祥的文章裏曾看到過關於楊棟的文字，據說，他在山西農村建了一座藏書樓，真佩服他的這種精神。

成都毛邊書局傅天斌寄來試刊二號《毛邊書訊》毛邊本，試刊一號，龔明德老師曾經給我寄過，這期印刷質量不如上期，同樣是一印張的雜誌，卻感覺不如《開卷》的訊息量大。雜誌還夾了一份《毛邊書友會通訊》，內有「毛邊書友會章程」、「成都毛邊書局兩週年大事記」、「飛鴻拾羽」以及郵購書目等。「成都毛邊書局兩週年大事記」、「飛鴻拾羽」這兩個欄目應該放在《毛邊書訊》裏。傅天斌還隨信寄來了三張毛邊書局的藏書票和他的名片。

《舊書訊息報》編輯部主任王雪霞寄來了發表〈《魯迅序跋集》的出版〉一文的《舊書訊息報》六份。

二〇〇五年六月十一日　星期六

南京大學徐雁教授通過「彪記」快遞公司發來他的新著《中國舊書業百年》一書。二〇〇五年五月科學版，精裝本，一百餘萬字。徐雁教授在扉頁題道：「《中國舊書業百年》精裝典藏本郭偉存，乙酉芒種後於金陵徐雁。」

這是一部需要仔細研讀的大書，下且引述他的內容簡介：「本書是我國第一部系統探討近現代中國古舊書業發展歷史和經營業態的原創型學術專著。全書分九個單元。著作者以中國古舊書業史為背景，依次敘述了百餘年來燕京舊書業和江南舊書業的風貌，掠影了北京、南京、揚州、蘇州、杭州、上海等歷史文化名城的舊書業風情和舊書市場，披露了近現代以來因內憂外患所造成的七大『書厄』，回顧了葉景葵、鄭振鐸、阿英等有識之士在社會動盪歲月，保護和搶救中華典籍文獻的義事壯舉，反思了『公私合營』對我國舊書業經營傳統的影響，最後冷靜剖析了在『救救舊書業』的眾多呼聲之後，實際掩蓋著的當代古舊書行業的癥結，探討了挽救、保護和復興中國舊書業的可能之策。」

該書歷時三年半，徐教授為搜集資料奔波於全國各地的舊書市場，嘔心瀝血，廢寢忘食，填補了中國舊書業史的空白。

安徽蕪湖畫家郭慶香寄來《郭慶香畫集》，這是他的第二本畫集，第一本是山水畫集，這一本是竹子專集。郭慶香係中國美協會員、黃葉村研究會會長，以畫竹為主，素有「江南一杆竹」之稱。他曾兩次來我處進行藝術交流。

自牧兄電話稱，湖北的黃成勇要調任湖北省新華書店副總，朋友升職，本是件好事，但黃兄一旦離開十堰，恐怕《書友報》就要停刊了。黃成勇是位有膽有識的管理者，不但把十堰新華書店的生意做得紅紅火火，而且還創辦了一份在全國書話界較有名氣的《書友報》，《書友報》如果停刊，對中國書話界是一大損失。

二〇〇五年六月十二日　星期日

一九九三年我曾編著出版了一本《中國節日大全》，發行八千冊。在書攤上看到了一本《中外節日叢話》，便買了下來。盧正言、尚志明編著，二〇〇〇年五月上海書店版。分世界性節日、中華節日和外國節日三部分，只是簡單地介紹了部分節日。

《羅素文選》，（英）羅素著，一九八七年八月國際文化版。該書印刷質量差，但不是盜版書。

《轉折的時代——四十至五十年代作家研究》，賀桂梅著，當代文學文化研究書系，山東教育二〇〇三年十二月版。該書對蕭乾、沈從文、馮至、丁玲和趙樹理五位作家的創作個性、思想風格、民族情感以及創作缺陷進行了細緻的分析研究。

《魯迅錢鍾書文學比較論》，隋清娥著，山東文藝二〇〇四年九月版。作者對二十世紀的兩位文化巨人的文學成就和貢獻進行比較性研究，讓兩位著名作家和學者進行跨越時空的對話，在對他們的對話的反思中尋找二者的相同或相異的價值判斷和美學思考。這樣，既可以幫助讀者更準確地理解魯迅，又可以幫助我們更深入地認識錢鍾書。

接畢四軍電話稱，我的隨筆《關於毛邊本》在美國《亞美時報》發表。我馬上打開美國文心社網站，果然有此訊息，並要求把我的通訊地址發到他們的郵箱裏，以便郵寄樣報。這是我第一次在海外媒體發表作品。

二〇〇五年六月十三日　星期一

上午，市委統戰部安副部長和市政協科教文衛委員會張主任到我辦公室，送來了市紅十字會血站王富紅加入九三學社的申請書。

收自牧信件，內有自牧書法作品兩幅，我留一幅，送給石靈一幅。另有我請自牧題寫的「品茗夜讀龔明德」幾個字，我想在下期的「泰山書院」把〈品茗夜讀龔明德〉發一整版，配有龔明德的幾幅圖片，請自牧題字，效果會更好一些。

時博兄送由他主編的《新甫擁翠——蓮花山民間故事》一書，二〇〇五年五月中國文聯版。內收關於蓮花山的民間故事三十餘篇。

二〇〇五年六月十五日　星期三

南京大學徐雁教授發來電子郵件：「謝謝你刊出文章，寧文經常在我們這裏宣揚你的版面編得越來越好，建議暑假中你可找一兩家企業贊助，在八月份開一個『泰山週刊研討會』，邀約十幾位知名作者和同行朋友，共同發表對於進一步辦好『泰山書院』的意見，整理成為一份『言談錄』，並通過我們的書友網路，在《開卷》等各地報刊上積極加以宣傳評論，一定有益。」

天津劉運峰寄來《魯海夜航》一冊，該書是劉運峰研究魯迅著作學術文集，二〇〇三年六月由香港天馬圖書有限公司出版，內文豎版繁體印刷，收入〈《魯迅全集》版本漫談〉、〈淺談《魯迅全集》的修訂〉、〈魯迅致胡適信的一處筆誤〉等研究文章三十七篇。劉運峰在信中說：「郭偉兄：大文及樣報均已妥收，請釋念。兄之大文甚佳，但多有溢美之處，令我慚愧，唯不斷努力方不負雅望也。今寄《魯海夜航》一冊，請多指教，其餘的身邊已無存書，故不能寄以求教，望諒。前寄一函及習字一幅，不知收到否？專此布達。即頌撰安！劉運峰。」運峰兄帶有書法作品的來信沒有收到，丟了實在可惜。運峰兄是中國書協會員，他的作品有很高的收藏價值。郵政服務質量之差，實在令人頭痛。

濱州廣播電視報社高維生寄來散文集《酒神的夜宴》一冊，二〇〇五年四月山東電子音像版。高維生，吉林人，滿族，一九六二年生於延邊，係山東作協會員、中國散文學會會員、濱州市作協副主席，曾在《作家》、《美文》、《散文選刊》等報刊發表作品，作品被收入多家作品選集。

法院柏欽水副院長打來電話說，明天給我安排了一個案子，讓我參加審理。雖然參加了陪審員的培訓，但審理案件，還是大閨女坐轎——頭一回，真不知道到時該怎麼說。下午到法院，調閱了案卷，是一個傷害案子，很簡單。而且，原告也請求法庭從輕處理，這個案子應該是很好處理的。審案也會增加社會閱歷，積累創作素材。

二〇〇五年六月十六日　星期四

下午三點，正式開庭，當我和審判長、審判員一同從側門進入法庭時，被告、被告辯護律師、公訴人都已到庭，旁聽席上稀稀疏疏地坐著被告的親屬。法官進入法庭後，也沒見法庭的人員起立。案子非常簡單，被告因不滿村幹部分地，在地頭與村幹部廝打，被告被一位村委人員打急了，隨手拿起一塊磚頭扔向那位村幹部，結果卻砸在村主任頭上，經鑒定屬於重傷，被告遂被抓獲。被告已經賠償了受害者四萬元醫療費，受害者也向法庭提交了從輕處罰被告的申請。因此審理起來，非常順利。儘管沒有當庭判決，估計這個案子會判緩刑。第一次坐在法庭的審判臺高高的座椅上，面對下面的被告和旁聽觀眾，有一種神聖的感覺。只是這起案子太簡單，沒有出現公訴人和被告辯護人精彩的、唇槍舌戰的對白。也許時間長了，會遇到一些複雜的案子。

收到《舊書訊息報》社稿費四十元。

二〇〇五年六月十七日　星期五

淄博袁濱寄來《筆墨留香》一冊。劉靜明主編，二〇〇三年九月大眾文藝版。該書係《淄博聲屏報》為慶祝創刊十五週年而編輯出版的曾在該報發表過的小說、散文、雜文、隨筆集子。

常州《翠苑》雜誌社寄來稿費一百元。

二〇〇五年六月十八日　星期六

從網上看到我的隨筆〈關於毛邊本〉一文，發表於二〇〇五年六月十日的美國《亞美時報》。現在還沒收到樣報。

下午，郵遞員送來一個掛號郵件，安徽《散文家》雜誌社寄來了二〇〇五年第四期《散文家》。在「往事鉤沉」欄目裏發表了我的散文〈用愛打開塵封的記憶〉。在同期雜誌上還發表有散文家朱以撒、巴音博羅、伍立楊等人的散文。

二〇〇五年六月十九日　星期日

鄧拓的《燕山夜話》我有早期的版本，今天在書攤上看到了一部精裝本，係一九七九年四月北京版，品相九品，蓋有「濟南市文學藝術界聯合會圖書專用章」，幾乎沒有翻看過，以十元的價格買了下來。

今天還買了《靳以選集》一至三卷，一九八三年四月四川人民版。《靳以文集》共分五卷，第一卷「前夕」上，第二卷「前夕」下，第三卷「秋花・春草」，第四卷「短篇小說選」，第五卷「散文選」。靳以是我國現代著名作家、編輯家、教授。原名章方敘，天津人。出版著作多部，主編過十幾種大型文學刊物，解放後曾任中國作協上海分會主席。

二〇〇五年六月二十一日　星期二

電視上突然報出一條新聞：在泰山上發現了一大兩小三隻老虎。中央臺消息一播，在全國引起轟動，泰山遊客猝減，電視新聞收視率明顯提高。據報導，有關部門組織了有武警戰士和手持木棒的村民參加的搜虎隊，為了防止老虎饑餓傷人，向山中投放了雞、羊等動物。但老虎是從哪兒來的，一直是個謎。過了幾天，又有報導說，有關部門禁談關於老虎的消息，電視臺記者採訪一位泰山索道售票員時，他說，有關專家通過對動物的毛髮和糞便分析，確實是老虎。再到後來，又沒了消息。於是，人們猜測，泰山有虎可能是為了炒作泰山而假造的新聞。通過有虎一事，一是說明泰山生態環境改善了，二是想藉此事件為泰山做免費宣傳。現在是旅遊淡季，過段時間，再出來闢謠，說泰山有虎是假的。

近年泰山遊客大減，在旅遊旺季還不如鄰近的蒙山的收入高。蒙山只有自然景觀，缺少人文景觀，與泰山無法可比，為什麼會出現如此大的反差，是一個令人深思的問題。

二〇〇五年六月二十二日　星期三

書在蠶食著家裏有限的空間。書齋裏塞滿了，又佔了客廳裏一面牆，臥室裏、陽臺上也是書。

我不是藏書家，儘管曾被評為省十大青年藏書家。我是龔明德老師說的那種書愛家，我的書齋裏沒有孤本、珍本，我買書全是自己喜歡的文史哲類圖書。那些作秀用的禮品書，是不准進入秋緣齋的。

在秋緣齋裏，當代作家和現代作家的作品版本較多的是梁實秋、郁達夫和張煒。因為喜歡他們的文字，見了他們的書，只要版本不重的就買，也沒有刻意地尋求。他們的作品在秋緣齋漸漸佔了專架。

整理了一下，秋緣齋已藏的張煒的著作四十多個版本：

《蘆青河告訴我》是張煒的出版第一部書，短篇小說集。一九八三年十月山東人民版。

書中收入〈看野棗〉、〈蘆青河邊〉、〈絲瓜架下〉、〈獵伴〉等十九篇。張煒在後記中說：「這個集子裏的小說全是寫給蘆青河的。是八〇年至八二年這三年創作的主要部分。」評論家宋遂良序。

《蘆青河紀事》，一九九七年七月山東文藝版，係山東文藝出版社推出的「名家處女作系列」之一。在山東人民版《蘆青河告訴我》的基礎上增加了〈木頭車〉〈泥土的聲音〉和〈初春的海〉三個短篇小說。

《古船》，一九八七年八月人民文學出版社第一版，一九九四年十月第一次印刷。這是張煒的第一部長篇小說，作品出版後在全國引起了強烈反響，被視為中國新時期文學代表性作品之一。《古船》獲人民文學出版社長篇小說獎、莊重文學獎。

《張煒・中國當代作家選集叢書》，中短篇小說集，一九九一年六月人民文學版。內收〈夢中苦辯〉、〈冬景〉、〈三思〉、〈海邊的雪〉等十五篇。

《散文與隨筆》，張煒著，自牧選編，一九九三年三月山東文藝版。收入〈綠色遙思〉、〈融入野地〉、〈蘆青河之歌〉等散文二十篇，〈藝術是戰鬥〉、〈自己的秩序〉、〈關於鄉土〉等隨筆五十八篇。附有〈張煒主要作品目錄〉。自牧在〈編後記〉中說：「收入集子中的五十多篇札記與隨筆，我們無需通讀全文，只要品咂一下這一個個寓意深邃，且富有詩意的題目，就足以見出哲辯與精思。」

《九月寓言》，一九九三年六月上海文藝版。這是一部在社會上引起強烈反響的長篇小說，也是作家最成功、影響最大的作品。一九九四年獲上海長中篇小說一等獎；二〇〇〇年舉辦的「百名評論家評選九十年代最具影響力的十作家十作品」中，張煒與《九月寓言》雙雙入選。

《期待回答的聲音——九三張煒文學週》，演講及文論集，一九九五年五月明天版。為了配合當代文學教學，山東大學、山東師範大學、煙臺師範學院和煙臺大學四高校於一九九三年十月四日至二十五日舉行了「九三張煒文學週」。文學週期間舉辦了二十餘場學術講座，四場對話會和作品朗誦會，四高校分別授予了作家張煒「名譽教授」。該書匯集了張煒與四高校師生對話錄和部分學者的演講稿。書末附有〈張煒單行本總目（一九八三～一九九五）〉。《家族》，上海文藝出版社一九九五年九月第一版，一九九六年二月第二次印刷。這是作家繼《九月寓言》之後的又一部長篇力作，小說描述了曲府和寧府兩大家族，在將近一個世紀的歷史長河中的興衰史，折射出二十世紀中國社會變遷的軌跡。

《張煒自選集・我的田園》，長篇小說卷，作家出版社一九九六年二月版。內收《我的田園》上下兩卷。這本書是我在濟南中山公園的舊書市場上無意之中淘到的張煒的簽名本，在扉頁上寫著「張煒九七、四」。當時攤主不知道是作者簽名本，我也未還價就買了下來。

《張煒自選集・葡萄園暢談錄》，文論散文卷，作家出版社一九九六年二月版，內收〈葡萄園暢談錄〉、〈荒漠之愛〉等十篇。

《精解的絲縷——張煒的傾訴與欣悅》，上海人民出版社一九九六年四月版。張煒在後記中說：「這本隨感錄是在十多年時間積成的，有的取自我以往的作品。有的則是為本書特意寫的。我從事寫作已有二十餘年了，這期間可說是全力以赴。寫作是傾訴，是轉告和呼號，沒有它，我將活得倍加艱難。而手中的筆便是心靈的指針，它標示了人的刻度和方向，也是對生命性質的鑒定和證明。」

「張煒名篇精選（增訂本）」一共分《散文精選》、《隨筆精選》、《問答錄精選》、《短篇小說精選》和《中篇小說精選》五部，一九九六年六月友誼版。以上五部書紅色封面，封面設計是楊楓、姜海濤。後來又淘到了《隨筆精選》和《問答錄精選》兩本書，也是增訂本，但封面是白色的，封面設計是蔡立國，因這套書的版權頁在《散文精選》上，所以不知出版年月。還有一本《隨筆精選》的精裝本，經查〈張煒作品單行本目錄〉，得知為一九九三年出版的初版本。

《張煒作品自選集》，精裝本，一九九六年七月由漓江出版社出版，收入〈美妙的雨夜〉等短篇小說五篇；中篇小說〈秋天的憤怒〉；〈你的樹〉、〈水手〉、〈憂憤的歸途〉等散文與文論十一篇；長篇小說〈柏慧〉。書後附有〈張煒作品單行本目錄〉。

《心儀——域外作家：肖像與簡評》，一九九六年十月山東畫報出版社初版，一九九七年六月第二次印刷。書中附有六十餘位外國著名作家的肖像，張煒用簡短精彩的文字去解讀每一位作家。風格獨特，別具一格，吳禾序，屬「書夢重溫叢書」。

《致不孝之子》，山東友誼出版社一九九七年六月版，劉燁園序。這套「雙槳文叢・中國當代小說名作點評」叢書，有王安憶的《屋頂上的童話》、史鐵生的《老屋小記》、李銳的《二龍戲珠》、劉雲堂的《自家人》、張煒的《不孝之子》和韓少功的《餘燼》。這套叢書我是分幾次湊齊的。因偏愛張煒的作品，儘管我已有《不孝之子》這部書，在濟南舊書市場見了，還是不由自主地拿起來翻看了一下，卻發現是簽名本，上寫：「××兄正之，張煒九七、七月」。品相在九品以上，說明受贈者根本沒讀過。

《遠河遠山》，長篇小說，一九九七年六月明天版，金犀牛叢書。

《瀛洲思絮錄》，中短篇小說集，一九九七年八月華夏版，「中國當代作家文庫」之一，張切鍥主編。收入〈瀛洲思絮錄〉、〈西行漫記〉、〈造船〉等十一篇。《凝望——四十七幅圖片的故事》，一九九八年二月山東畫報版，是一部圖文並茂的書，也是山東畫報版書的特色，編輯家汪家明在〈小引〉中說：「張煒寫《古船》的時候，在部隊招待所那間小小的、僻靜的小屋裏，牆上釘著一幅幅的圖片，有古老的船和港灣，有田野和人物。他說：『這些圖片能給我靈感』。」後來汪家明便約他寫了這部書。張煒在後記中說：「它們在深層上感動著我。或者有特異的美，或者能引發想像。我們像看詩一樣看這些圖片，像重溫舊夢一樣，進入它們的意境。」

《流動的短章》，散文隨筆集，二〇〇〇年六月作家版。全書分「當代文學的精神走向」、「犄角，人事與地理」和「悲憤與狂喜」部分，收入散文隨筆四十一篇。

《外省書》，長篇小說，作家出版社二〇〇〇年十月版。

《遠河遠山》，長篇小說，二〇〇一年五月，南海出版公司。

《蘑菇七種》，長篇小說，二〇〇一年五月由南海出版公司出版。書有附有〈生長蘑菇的地方〉、〈鑽玉米地〉、〈拉拉谷〉和〈激動〉四個短篇。

《我跋涉的莽野》，春風文藝出版社二〇〇一年九月版，收錄了作家一九九九年下半年至二〇〇一年初所寫的全部散文。

《魚的故事》，精裝本，短篇小說集，二〇〇一年十月時代文藝版，收入〈海邊的風〉、〈問母親〉、〈槐花餅〉、〈一個人的戰爭〉等短篇小說三十篇。

二〇〇一年三月山東文藝出版社出版了一套「東嶽文庫」，首批出版的有史鐵生作品七部、張煒作品八部、張承志作品七部和韓少功作品九部，皆為小三十二開口袋書，張煒的作品缺《海邊的風》和《葡萄園》兩部，其餘的長篇小說《家族》，分上下兩卷；長篇小說《古船》，分上下兩卷；中篇小說集《請挽救藝術家》收〈秋天的思索〉、〈請挽救藝術家〉和〈護秋之夜〉三篇；中篇小說集《蘑菇七種》，內收〈蘑菇七種〉和〈你好！本林同志〉兩篇；中長篇小說集《金米》，內收〈遠河遠山〉和〈金米〉兩篇；中篇小說集《黃沙》，內收

〈遠行之囑〉、〈童眸〉和〈黃沙〉三篇。

張煒的作品遠遠不止這些，這些是我集腋成裘，慢慢地一本一本地從各地圖書市場和舊書攤上淘來的。

二〇〇五年六月二十四日 星期五

外出開會幾天，回到編輯部，打開電子信箱，裏面積攢了好多郵件。

南京大學的葉安然，是徐雁教授帶的研究生，發來了他拍攝的一些「中國舊書業百年」北京大學品評會現場照片。一共三張，第一張是全景照片；第二張是徐雁教授發言的照片；第三張是北京大學訊息管理系白化文先生和朱天俊先生合影照片，他們二位都是徐雁教授的北大老師。

桂苓從北京發來兩篇書話和一篇散文。她在信中說：「儘管因為其他民刊對《泰山週刊》有所介紹，還是吃了一驚，辦得真好！——以致於我都參與了，——當然參與的方式是，也只能是，給你寫稿。——你還代表其他版面嗎？那就其他也寫，畢竟新穎的版式使我有一種新奇感。先把〈書中自有香如篆〉、〈布衣書人的布衣情懷〉給你，前者曾給《書人》，但《書人》下期是我的〈編書記〉，再下期編的話也是十月份了，我到時會又有別的給他，後者給了

《芳草地》，但該刊一年才四期，我告知他們不再用就是了。我正在寫介紹讀書報刊的文字給《出版廣角》，我看你也在介紹她，我希望在我文字配圖上有你的版面（《開卷》、《書人》、《芳草地》、《清泉》、《日記報》、《書簡》等），你把你認為最代表你風格的寄一份給《出版廣角》的朱璐小姐好嗎？（可只寄你們文學版或你的書院版）至於我自己的書，已出的那些已沒有樣書了，秋天我的《簡單日子》第二版出來後定會奉上。有機會到北京的話可一聚。呵，你是位女性吧？看信封上的字猜著是，那我更高興了。」

呵呵，我的名字真是有點女性化了。好多的外地書友都誤會了。

下午，龔明德老師通過ＱＱ給我發來了流沙河先生為「泰山書院」題寫的刊頭。流沙河先生是著名的詩人，他題寫刊頭，提高了我們報紙的含金量。

打開ＱＱ，龔明德老師正在網上。

明德：「讀你的網上日記，你買舊書也讓我羨慕。」

阿瀅：「您從哪兒看的？」

明德：「我在百度檢索的。」

阿瀅：「呵呵，我是從去年十二月無意之中開始寫的。」

明德：「成都的舊書真有不少好東西。阿泉來，買了一千多元的舊書。」

阿瀅：「有機會一定去成都，一是看望您，二是淘書。」

明德：「阿泉的貴族氣息，我頗推崇，也被不少人嘲笑，但是阿泉堅守了一二十年。就成功了，你文章中的書卷味讓我高興，還要提純，向大師的方向進擊。」

阿瀅：「一開始只寫淘書，後來，看了自牧的日記，又增加了內容。阿泉給我寄來的書，我正在讀。」

明德：「多寫與各地文人交流的真實訊息，就好。」

阿瀅：「對，我現在就注重這點。前幾天，徐雁教授給我寄來了《中國舊書業百年》。」

明德：「徐雁是培育書香社會的領袖，我只是他的隨從。」

阿瀅：「您太謙虛了。在您的幫助下，我與外地書友的交流也越來越多。有些書友苦於沒有地址，無法聯繫。」

明德：「你要的地址，我都給你。讓龔言發給你。」

阿瀅：「陳子善教授說得對，學生讀您的書即使不選修這個課題，也可以學到您治學的精神。前段時間，北京的姜德明老師在電話裏說，沒想到在泰安能辦出這麼好的報紙。他的誇獎讓我們高興，但我也知道，我們還需要提高。」

明德：「真好。」

二〇〇五年六月二十五日　星期六

這期的《泰山週刊・泰山書院》用整版的篇幅發表了我寫的〈品茗夜讀龔明德〉一文，配發了龔明德在讀書，以及和流沙河、彭國粱、張阿泉在一起的四幅圖片，題目由濟南書友自牧題寫。整個版式漂亮大方。早上，就把這期的報紙給全國各地的書友寄了出去。

下午，濟南徐明祥在電話裏說，在網上看到了我的淘書日記，說寫得很有意思，怎麼只貼到五月份，後來就沒有了呢？明祥說，這樣寫下去很受看，一兩年的工夫就可以出本小書，再配上書影和書友的照片，很有意義。

二〇〇五年六月二十六日　星期日

今天週日，本來是固定淘書的日子。可是大雨一直未停，舊書攤不能出攤。打開郵箱，看到北京的桂苓發來了十幾篇散文。桂苓說：「阿瀅，不好意思，發多了，只記得『青』文在某個文檔，就一併發過去了。因為從不單篇設一單獨文檔，就老犯這種低智商的電腦操作毛病。其實那也是當初為《北京晨報》寫的專欄，只因為版面原因，他們刪過不少。這兒的是文章原來的全文。」正巧我有意新設立一個「作家專欄」專版，選四五位作家開設專欄。這樣正好為她開個專欄。只是我們目前的稿費太低，不知她是否同意。當然，作家們並不都是為了稿費而去寫作的。

《開卷》執行主編董寧文電話說，給我寄來了由他主編的《我的書房》一書，流沙河序。在該書出版之前，我便編發了流沙河寫的序文和錢鍾書的夫人楊絳先生為該書寫的〈我的書房〉一文。前天和龔明德老師聊天時，龔老師說他把發表有流沙河作品的那期《泰山週刊》給流沙河先生送去了，流沙河先生很滿意。

二〇〇五年六月二十七日　星期一

六月二十五齊魯電視臺報導：〈泰安政府宣布解除景區警戒〉全文如下：

今天，泰安市委市政府召開新聞發布會，宣布解除泰山景區的警戒，景區全面對遊人開放，周邊村民恢復上山勞動。

自從六月八號泰山東麓發現老虎後，泰安市委市政府成立了一千人的搜尋隊伍，並聘請了全國知名的動物專家在泰山東麓實行拉網式搜尋，經過十八天的搜尋得出三條結論：一、泰山東麓確實發現過老虎；二、發現的老虎是人工飼養的；三、目前老虎仍留在泰山的可能性很小，泰山景區是安全的。

據國家林業局黑龍江瀕危動物研究所研究員孫海義介紹，由於自六月十一號之後，搜尋官兵和附近村民都沒有再發現過老虎的蹤跡，初步分析老虎有三個去向：一是由於人工飼養的老虎沒有野外捕食的能力，有可能已經回到其飼養地。第二種可能是由於泰山周圍農戶家未發現家畜被捕食，景區內設置的誘餌也未遭到老虎取食，判斷老虎有可能找不到食物，被饑餓所困，失去活動能力。第三是或許老虎已經離開泰山的周邊區域，因為飼養的老虎不會長期在同一地點活動。

目前，泰山離主景區較遠的水源地以及老虎可能出現的地方還設置著觀察哨，但都距離主景區較遠，不會影響遊客安全。

在此之前，曾有報導說，泰山上的老虎不是三隻，而是兩隻。後來又說沒有老虎。還有報導說，發現老虎的村民只有四個人，一個是聾啞人，一個是神經不正常的女人，還有兩個小女孩，記者問那兩個女孩，她們什麼也不說。

這次炒作無疑是失敗的，是有頭無尾的炒作。老虎不是家貓，中國有多少老虎都是有數的，如是人工飼養就更是有數，能說來就來，說消失就不見蹤影了嗎？這彌天大謊不能自圓其說了。

二〇〇五年六月二十八日　星期二

蘇州王稼句寄來他的《吳門煙花》一書。二〇〇四年五月百花文藝版，屬「江南風月叢書」。作者在後記裏說：「歷史、風俗和婦女，是我近年比較關心的題目，這本書裏記述的，也就是這方面的內容。這些文章是以蘇州為背景、以人事為對象、以文獻為依據的，既不想杜撰戲說一番，也不想去趨附『文化大散文』的時尚，只有一個願望，那就是在有限的篇幅裏，記述一點往事，讓讀者知道一點歷史的滄桑、風俗的轉移和人物的命運。」《吳門煙花》一書，封面設計清新大氣。文中附有大量的圖片和插圖，是一部研究蘇州歷史風俗、有史料價值的學術專著。

二〇〇五年六月二十九日　星期三

馮欽淮贈《泰山通鑒》一部。精裝本，四十二印張。曲進賢主編，二〇〇五年一月齊魯書社出版。《泰山通鑒》採用編年記事與本末敘事相兼相輔的體例，上溯上古，下迄公元二〇〇一年，縱跨五千年。橫涉泰山文化諸多學科，以文化視野下的「大泰山」為記事範圍，從先秦至清、中華民國、中華人民共和國三個歷史時期，廣泛取材，凡涉及泰山文化的古今中外要事，均視情收入，是一部了解泰山、研究泰山必不可缺的工具書。馮欽淮原為泰山區檔案局局長，退休後從事歷史文化研究，是山東姓氏學研究專家。是該書編撰者之一。

今天，跑了幾個舊書店只買到了三本書。《魯迅年譜》（下），一九七九年安徽人民版；《魏源詩文繫年》，李瑚著，一九七九年三月中華書局版；《八十一夢》，張恨水著，一九八〇年七月四川人民版。龔明德老師曾研究過該書，如果他需要就給他寄去。

收河南《小小說出版》編輯部徐小紅寄來的《小小說出版》二〇〇五年第一、二兩期。《小小說出版》是百花園雜誌社主辦的一份有關小小說訊息的綜合雜誌，設有本期焦點、視野、論壇、話題、季風、會員學員作品特區等欄目。雜誌十六開，兩印張。

二〇〇五年六月三十日　星期四

收龔明德老師大札，信中寄來了流沙河先生為「泰山書院」題寫的刊頭複印件。函曰：「阿瀅兄：另有兩本，掛刷給你。天太熱，又大忙，《林徽音文存》付印前的檢審工作，實在窮亂。躲在鄉下一個友人家中，不帶手機，誰也不明白我的去向。安靜了幾天。我弄的書可能還可以找一些，由龔言把書名告訴你，你有用，就回覆。都是些只有少數人才讀的書，如《凌叔華文存》，根本賣不動，但愛書人又找不到了。無奈也……」

這一期《泰山週刊》的「泰山書院」專版已採用流沙河先生題寫的刊頭，我查了一下，現在的「泰山書院」是第四十七期，以後，按期排列就行了。流沙河先生的題字，為報紙增輝，這要感謝龔明德老師的支持和幫助。上午，我把這期的報紙給流沙河先生和龔明德老師寄了去，我給流沙河先生寫信表達了我的謝意，並告訴了他，我想開設「名家側影」欄目的想法，我說：「我想在我們報紙上開設一個「名家側影」欄目，整版以圖片為主，配有文字介紹，這個想法很久了，一直沒有實施，前幾天，南京大學的徐雁教授也給我提了這個建議，正與我的想法吻合。如果方便的話，望先生把在外地參加活動、在書房讀書寫作、與朋友交流等照片配以文字寄給我，用後定當奉還。」我給龔老師也寫了信，讓他推薦一些可以入「名家側影」的人選。

安徽師範大學桑農發來電子郵件：「阿瀅兄：你好！十四日的樣報，今天方才收到，十分感謝！接連讀了好幾期『泰山書院』，感覺很大氣。雖是地方性報紙，卻有全國性的關注，這樣辦下去，會在讀書界產生巨大影響的。」

【原載二〇〇七年二月中國文史出版社《秋緣齋書事》】

書林漫筆

一

《韓詩外傳》載：春秋時，魯國有個叫閔子騫的人，仰慕孔子的才學，前往拜孔子為師。開始時，臉色乾枯、蠟黃，過了一段時間，慢慢變得紅潤起來。孔子問其原因，閔子騫說，我生活在鄉下，蓬門敝戶，衣食不足，看到達官貴人坐在華麗的車上，龍旗飄舞，非常羨慕。兩種情形時常在我的腦子裏交替出現，因而寢食不安，臉色乾枯。現在我受老師教化，精讀做人治國之書，懂得道理多了，能辯是非，知美醜。那些龍旗之類的東西再也打動不了我的心了，因而心平氣和，臉色也就紅潤了。

現實生活中，人們的工作壓力、生活壓力很大，總感到活得太累，便萎靡不振，面無光澤，更無時間、也無心思去讀書，精神源泉面臨枯竭。

讀書久了，會潛移默化地滲透到人的氣質上，就會影響到人的容貌，使人眼光有神、舉止文雅，可謂讀書美容矣。

二

一九〇九年魯迅和周作人兄弟倆在日本合作自費出版了《域外小說集》一、二集，根據魯迅後來回憶，《域外小說集》第一、二冊在東京賣去二十冊，在上海也不過二十冊左右。周作人在《知堂回想錄》中說：「於是，第三冊只好停版，已成的書，便都堆在上海寄售處堆貨的屋子裏。過了四五年，這寄售處不幸失了火，我們的書和紙版，都連同化為灰燼；我們這過去的夢幻似的無用的勞力，在中國也就完全消失了。」

魯迅出的書只賣出四十餘冊，現在看來誰都不信，但那是在一九〇九年，是魯迅剛剛棄醫從文的初期，後來魯迅出版的作品，哪本賣出量不在萬冊甚至百萬冊以上呢？

現在一般作家出書只印三、五千冊，而一些全國知名作家或者明星的作品一開機就是幾十萬冊。有時候，讀者看中的只是作者的名氣而已。

三

宋代詩人尤袤聲明他藏書的目的是「饑讀以當肉，寒讀以當裘。孤寂而讀之以當友朋，幽憂而讀之以當金石琴瑟也」。近代學人章鈺的書齋取名「四當齋」，典出於此。

四

北洋軍閥時期，土匪出身的草莽將軍張宗昌統治山東。他曾花巨資刊刻仿宋《資治通鑒》和《十三經》。《十三經》僅印二百部，每部都有編號，分贈至交好友，現已成善本珍品。

張宗昌刻印古書，不管是真心尊孔讀經，還是附庸風雅，無論出於什麼目的，其精神都是可貴的，總比花巨資修樓堂廟宇要有價值。

五

一個偶然的機會，我看到了某大學二〇〇一年第一期的學報。在這期學報上發表了我寫的一篇書評，作者署名不是郭偉或阿瀅，而是這家學報的副主編（學報沒有主編）。我的那篇書評寫於二〇〇〇年三月十日，曾在當地兩家報紙發表，並收入了我二〇〇〇年十二月出版的散文集《書緣》中。學報上發表的這篇文章，只是換了一下題目和作者，又在倒數第二自然段加了百餘字而已。

我的作品早在八十年代初就被人抄襲發表過，不過那位抄襲者是一個尚未出道的文學青年。一個堂堂的大學副教授、學報副主編，竟然剽竊別人的文章發表在自己主編的學報上，豈不是天大的笑話？而且在這期學報上發表文章的幾個教授、學者都和我很熟悉，都讀過我的《書緣》，其中一位教授還為我寫過書評，我想那位副主編一定不知道這些，否則，他不會給同事們留下這個笑柄的。

我在百度搜索網打了「阿瀅」搜索，搜到一條訊息，在「紅袖添香網站打假論壇」上有這樣一段話「你模仿阿瀅，你盜竊阿瀅，真不知道你們這樣的人圖的是什麼？」打開一看，原來是一位網名叫「路不平有人踩」的網友揭發了一位叫「桃李成蹊」的人抄襲了我的〈朋友〉一文，他並不是全文抄襲，只抄了二分之一。揭發者附上了抄襲者發表文章的網址和我原發作品的網址，讓人一目瞭然。至今我還不知道這位叫「路不平有人踩」的網友是哪兒的朋友，我很感動全國各地有這麼多朋友在關注著我。

六

《魯迅研究資料編目索引》（一九四九年十月～一九七四年十二月）是揚州師範學院圖書館一九七六年六月編寫出版的。全書五百餘頁，分「生平、思想、事業」和「作品研究」兩大類，並附有魯迅年表，魯迅主編與參與編輯的報刊簡介和魯迅名、號、筆名錄，是一部比較全面的工具書。

書中凡是有關魯迅的文章和專著皆注明了出處，可從頭到尾也沒發現一篇有關周作人的記錄，而實際上周作人寫了不少有關魯迅的文章，並出版了三本有關魯迅的專著：《魯迅的故家》，一九五三年由上海出版公司出版；《魯迅小說裏的人物》，一九五四年由上海出版公司出版；《魯迅的青年時代》，一九五七年由中國青年出版社出版。周作人的文章和專著為何沒有收入其中呢？僅僅是因為周作人在淪陷時期曾經附逆？

編《魯迅研究資料編目索引》是為了做學問，是為了研究魯迅，不是搞政治。周作人是中國文壇上的大家，是中國新文學運動的主將，不能因他的錯誤而抹殺他在中國文學史上的地位。《魯迅研究資料編目索引》一書連魯迅親兄弟的有關條目都未收入，這本書的價值就會大打折扣。

研究魯迅不應該從一九四九年開始，二三十年代，各派別與魯迅的論爭文章條目也該收入，那樣才讓讀者認識一個真實的魯迅，不能因為一九三七年十月毛澤東在延安魯迅逝世一週年的紀念會上演講時說：「魯迅在中國的價值，據我看要算是中國的第一等聖人。」「孔夫子是封建社會的聖人，魯迅則是現代中國的聖人。」就把魯迅當作文壇上至高無上的神。

魯迅是一個偉大的作家、思想家，也是一個敢恨、敢愛，極有個性的人。如果魯迅泉下有知，也不會願意人們把他供奉為神的。

七

在中國很有影響的大型文學刊物《收獲》的封面上方，有四個比刊名《收獲》還要醒目的字：巴金主編。

巴金已是百歲高齡了。每天只能躺在床上，說話也靠女兒李小林看他的口型為客人翻譯。俗話說在其位要謀其政，據說中國作協換屆時，主席一職也是由根本無法到會的巴金連任的。這真是不可思議的事情。

巴金確實為中國的文學事業做出過巨大貢獻，人們都知道《收獲》副主編李小林是巴金的女兒。如果雜誌需要打巴金的牌子，完全可以掛名譽主編，那樣誰也不會有異議的。巴金已過百歲，一旦駕鶴西去，雜誌再打誰的牌子呢？

八

清光緒十二年續修的《新蒙禹氏家譜》中附錄了一則家訓：

> 吾族累世耕讀兩事而已，務農必守勤儉二字。勤以盡地力，儉以備荒年，但使一家能常保聚，即厚福也。勿圖僥倖，入游滑一流。家稍豐足，須擇子弟之聰明者讀書。貴顯雖由命定，果能成就一人，猶幸吾家聲未墜也。居家戒爭訟，誠哉是言。凡事先退一步想，

則爭端自化，事化則身安，家亦安，何等慰貼。若因纖芥之嫌，小忿不忍，則日必爭體面，試思一到訟庭，官喝役罵，費財破產。欲求一勝而不可，體面何有乎？少年血氣，須早猛省。

養子弟無使浮華，飲食衣服須有節制，出入動作須有規矩。庶幾自少而壯，妄念不生，可以守家法而安正業。嘗見富家之子，溺愛不過，習慣成性，至於任意放蕩，將數世之產業盡為酒色煙博之資，豈其子弟真不才，與悔已無及。漢鄧禹為宰相，有十三子，皆令讀書，以外各習一藝，人問其故，曰：富貴不可常保，使窮時可自食其力。善哉，可為法矣。

幼學從師，須擇忠誠先生，方有真實工夫，至講書作文時，正宜名師指點。或此師不稱意，另擇無謂不妨，遷就一年，試恐少年性靈久且汨沒，耽擱歲月固可惜，誤入迷途更可憂也。若真個品行學問極淳正，極有講究，即終身事可也。

人有功名學問，不獨自己榮顯，亦貴有益於人族，當中有美材當加意成就之，以繼書香，合族有榮施矣。其不肖者，亦必訓戒之，使歸於正。無坐視其敗，以為無於己事，能如此，不惟鄰里，皆服我重我。先祖有知，亦必歡喜於地下矣。

處世待人無太刻薄，無喜佔便宜。待人刻薄，終必受人刻薄。自己便宜，必另人不便宜，如此起家者，未必即為富也。余有對聯云：凡事須求過得去，此心總要放平來。斷不可不做是想。

我國古代的教育制度不是那麼完善，家庭教育就顯得尤為重要，很多名人的成才都與嚴格的家庭教育分不開，大凡名人皆有《家訓》、《教子》傳世，最著名的要數朱柏廬的《治家格言》，孟母的《斷織教子》、《擇鄰而處》的故事更是千古佳話。

宋代的《教子語》中開頭就說：「人生至樂，無如讀書；至要，無如教子。」家庭教育小為望子成龍，家族榮耀，大為國家未來，民族未來。

九

明代嘉慶年間，江蘇省松江縣有一個叫朱大韶的書癡，平生以搜集善本、初版本為樂。一日，他打聽到蘇州一書香門第，珍藏一套宋刻版袁寵《後漢書》，這部書共三百卷，不但刻工、印工均臻善美，而且用古錦玉簽裝裱。這套書還有宋朝三位大臣陸放翁、謝枋得和劉辰翁先後親筆批寫的評注，非常珍貴。朱大韶知道這套書價值不菲，不是金錢可以買到的。為了得到這部書，朱大韶以自己漂亮的愛妾，向對方提出交換《後漢書》。美人當前，對方怦然心動，答應所求。朱大韶愛妾獲知後心慼慼然，臨別在牆上留下了四句詩：

無端割愛出深閨，
獨勝前人換馬時。
他日相適莫惆悵，
春風吹盡風傍枝。

詩中的「前人換馬」，典出蘇東坡的真人真事。蘇東坡當年仕途受挫，被貶黃州，為怕愛妾青娘受累，把她與姓蔣的好友換馬，青娘得悉，口占一詩後，以頭撞樹身亡。

朱大韶以妾換書，真是癡得可以。但從另一個方面來講，這位書癡也沒有一點人性，無論那書如何珍貴，也不能用人交換。對一個沒有人性的收藏家來說，即使他的藏品再豐富，也會遭到人們的唾棄。有些作家把搞文學創作戲稱為玩文學，進而言之，藏書也就是玩書，可朱大韶卻被書給玩了。

十

清代馬思贊有一次到龍山查氏家，見其案頭有宋刻本陸狀元《通鑑》，甚愛之，百計購之不可得。後查氏的親人去世，所蒭吉壤，正是馬思贊家的田，馬思贊知道後大喜過望，說：「書可得矣！」便去查氏家，表示願以自己的十畝田換查氏的《通鑒》。把書拿到手後，馬思贊抱書疾歸，唯恐查氏反悔。

教育家徐特立出生在湖南長沙一個普通的農民家庭，少時，他常常坐在私塾門口聽先生講讀，父親見他愛學，便送他去讀書。十八歲時，他受聘當了私塾先生，一面教書，一面自學，偶爾借到一本書，就邊讀邊抄，樂而忘疲，如果無書可讀，他就會如坐針氈，焦灼不安。

有一次，他路過一家書店，立刻被擺在書架上的那些書吸引過去，一部《十三經注疏》標價十五吊錢。回到家，他坐臥不寧，眼裏總是飄忽著那些書，他左思右想好幾天，斷然做出決定：賣田買書。每次賣去一點田，就買些書來讀，生活只靠微薄的工資勉強維持。十年內，他家的水田差不多賣光了。

土地是農民的命根子，過去人們賣掉土地是為生活所迫，不得已而為之。徐特立賣田卻是為了買書學習，對知識的渴求使他做出了在別人看來不可思議的舉動。正是他孜孜以求的學習精神和用土地換來的知識，陶冶了情操，使他後來成為一個偉大的教育家。

十一

李敖之所以受人關注，是因為他的學問和狂放不羈、不向權貴折腰的性格。

李敖之所以可以傲視文壇、傲視世界，是因為他不斷地讀書、不斷地寫作、不斷地充實自己。李敖的藏書在中國作家中首屈一指，他擁有五個藏書室，每個藏書室一百多平方，幾十萬冊藏書使他具備了俯視世界的資本。

他罵假文人，罵腐敗政府，罵一切不合理的制度，他因「罵」而進了牢房，出來後還是照罵不誤。

他不崇拜任何人，曾狂妄地宣稱：五十年來和五百年內，中國人寫白話文的前三名是李敖、李敖、李敖。

李敖罵人痛快淋漓，喜笑怒罵皆成文章。

李敖罵得當權者對他又恨又怕，臺灣一位「市議員」拿著一本撕去作者姓名的書，問一位政府的新聞處長是否是色情作品，那位處長匆匆看了一下就說：「都是色情」，議員說書是李敖的，處長大驚失色，說：「你不要害我，誰都不願惹李敖，我沒有說李敖的書色情。」一些披著文化外衣的偽文人，想方設法地打擊李敖，在中華民國行政院文化建設委員會出版的《中華民國作家作品目錄》中，連李敖前妻胡茵夢的名字都有，卻沒有李敖。那些草包們天真地認為，他們是文化官員，所有從事文化事業的人都要聽從他的管理才行，你李敖不是狂嗎？你再能，我編的作品目錄裏也不收錄你的名字。

「呸！娘希皮！老子才不在乎你那什麼狗日的目錄。」李敖說。

李敖就是李敖。大師的光芒不是幾片烏雲就可以遮住的。文學創作本身就是一種個體行為，並不是非要聽你所謂的文化官員的指揮才能寫出作品來，李敖不是靠官方認可的所謂的作家的虛名生活。李敖是一個獨立的個體，是草包們又恨又怕的個體。

跳樑小丑一旦失去官位，狗屁不是。即使再下去五百年，李敖永遠是李敖。

十二

文學博士葉開出版了一部名為《口乾舌燥》的長篇小說。小說的主人公是我國古代著名的地理學家、旅行家徐霞客。徐霞客是一位婦孺皆知的文化歷史名人，但這本小說裏並不是寫徐霞客如何做學問，而是把他寫成了一個風流成性的「狎客」。書一出版即在社會上引起了爭議，徐霞客研究會的負責人發表聲明說，不排除把葉開推上法庭的可能。葉開在為自己辯解時，曾說了這樣一句話，為了寫這部小說，他曾在無數個不乾淨的夜總會體驗過生活。

作家為了寫出貼近社會、貼近生活、貼近實際的作品來，往往要深入社會、深入基層，感知社會、體驗生活，搜集積累創作的素材。但體驗生活並不是想寫哪方面的內容，就一定要去做這方面的事，通過實踐產生了感受，再去搞文學創作。一部書裏可涵蓋整個社會，三教九流無所不包，不可能一樣一樣地去體驗。如果寫收割小麥的場面，可以去農田裏去幫人收割，知道了割麥的方式、方法，以及勞動人民的艱辛。如果寫反映走私生活的作品，難道還要參與走私活動嗎？寫人吸毒也不可能去吸毒，寫殺人犯更不可能去殺個人試試，寫帝王生活的到哪兒去當一次皇帝，來體驗生活呢？

體驗生活有時只是去找各行各業有代表性的人座談、了解，不一定事事都要親自去體驗。寫走私的故事，可以到海關緝私隊聽緝私隊員講一個個離奇的案例；寫吸毒的可以到戒毒所去聽吸毒人員的懺悔，了解他們因吸毒而造成的家破人亡的慘劇；寫殺人犯可以到監獄去和犯人面對面地交談，去剖析罪犯的犯罪心態；寫帝王將相的只能到浩瀚的史海中去查覓有關帝王的資料，再把民間流傳的有關帝王的傳說巧妙地揉和進去，帝王的形象就活了。

一位作家聽在山上居住的朋友講，每天黎明之前都能聽到一陣很奇特的聲音，那聲音不像是練嗓，但也不知是什麼在叫。作家也沒有半夜裏潛伏到山上去聽那奇怪的叫聲，憑著豐富的想像力，寫出了一篇非常優美的小說，這完全得益於作家平時的生活積累和深厚的文學功底。

如果在夜總會體驗生活時遇到公安部門掃黃，被捉個正著，他能赤裸著身子對公安人員說「我是作家，我正在體驗生活」嗎？

不管是真實的，還是為了炒作自己的小說而作秀，都是可笑的。

十三

古時有一人藏書頗豐，一秀才借去一書未還，藏書人討要不成，把秀才告到縣衙。大堂之上，秀才說書是自己的，並在大堂當眾背書如流，而藏書人卻一字也不能背誦，縣官便把書判與秀才。退堂後，秀才把書還給藏書人，藏書人不解其意，秀才說：「我見你藏書不讀，才和你開這個玩笑。」

作家葉靈鳳說：「藏書家不難得，難得的是藏而能讀。藏書而又能讀書，則自然將心愛的書當作自己的性命，甚至重視得超過自己的性命。」中國的藏書名家唐弢、黃裳、孫犁、姜德明、龔明德、陳子善、倪墨炎等既是藏書家，又是作家。淘書、藏書、讀書、編書、寫書構成了他們完美的人生。

「藏書而不知讀，猶弗藏也。」古來就有一些藏書家，藏而不讀，寧可蟲蛀鼠咬也密不示人。書籍一旦進入了這些人手裏，也就等於成了陪葬品。

十四

古代書籍同名者眾多，一九八〇年五月由山東人民出版社出版的張雪庵的《古書同名異稱舉要》一書，書中所涉及的先秦至清末的同名書籍多達五千六百餘種。最少的有兩本書重名，多的達四五本。有同時代相重，也有相隔幾個朝代出的書，不同的書，不同作者、不同內容，而書名相同。古書同名是由於古時書籍流傳範圍小、交流少的緣故。《古書同名異稱舉要》一書的出版，對考察古籍源流、辨證偽謬極具價值。

十五

明代官至刑部尚書的王世貞遇書商出售宋刻《兩漢書》，欣喜異常，因無足夠現金又求書心切，竟與書商議定以自己的一座山莊換取這部祕刻。後來雖處境困窘，身居茅屋，猶念念不忘曾經擁有過的這部寶籍，堪稱書林一絕。

明代錢穀這樣的寒士，其室名為「懸磬」，即空無所有，他一生嗜書，依靠借抄他人藏書，使家藏典籍達數千卷，因其手抄之書一筆不苟，為後來藏家所重。

鐵琴銅劍樓傳至第三代主人瞿秉淵、瞿秉清手中時，太平天國崛起，社會動蕩不安，兄弟二人攜書遷徙，前後凡四年，其書無恙。瞿氏第四代傳人瞿啟甲秉承父兄遺願，一如既往，謹守勿替。抗日戰爭時期，瞿啟甲將全部藏書運往上海，妥善安置，免除日人劫掠之災。歷盡戰亂，鐵琴銅劍樓藏書多歸國家圖書館，為祖國保存了一份珍貴的文化遺產。

十六

近年來，低齡作者層出不窮。

一九八四年出生的蕭睿接連出版了兩部長篇小說《校園檢討書》和《一路嚎叫》；

上海韓寒的《三重門》賣了八十多萬冊，考試成績多科不及格也成了傳奇。韓寒稱，寫作就是為自己新買的跑車掙汽油錢；

二〇〇三年最風光的暢銷書《幻城》，據說「是高三學生郭敬明為調劑緊張學習生活的戲筆之作」，上市半年銷量就超過二十三萬冊；

大連的九歲男孩邊金陽寫出了二十萬字魔幻小說《時光魔琴》，號稱「中國第一部少年魔幻小說」，還被冠以「中國的哈利波特」的名號。不久，這本書的版權被美國的國際財富聯合投資公司以十五萬美元的高價購買。邊金陽的第二部小說《秦人部落》已出版，據悉，邊金陽將有第三部長篇問世；

金今五歲時出了兩本詩集，首印即十萬冊的二十萬字長篇小說《再造地獄之門》是她的第一部長篇，而這只是十六歲的金今創作的三部曲之一；

劉天天十四歲撰寫二十四萬字長篇小說《真心英雄》，並拍攝同名電視劇，由自己主演；

張蒙蒙九歲出版第一本書《告訴你，我不笨》，十歲出版第二本書《告訴你，我不是醜小鴨》，接著又出版第三本書《童年，只有一次》，共計六十萬字；

高靖康八歲時用八個月的時間推出了一部用兒童的語言改編的全新形式的八萬字新童話——《奇奇編西遊記》；

蔣方舟七歲時出版第一本書《打開天窗》，十歲寫第二本書《正在發育》，書中竟然有同性戀、偉哥等字眼，甚至還有泡妞祕笈；

竇蔻六歲時寫作《竇蔻流浪記》；

少年作者爭相出書並不是一種好現象，作家梁曉聲為高中生朱墨的散文集《背起行囊走天下》寫序，對少年出書熱更起到了推波助瀾的作用。孫犁曾說過：「我一向不去吹捧孩子們的寫作，對他們並沒有好處。有些家長過於熱衷於此，我覺得可以三思。」個別家長為了滿足自己的虛榮心，把寫作當成孩子成名的捷徑，這種急功近利的做法卻是對孩子的一種戕害。出版社帶有商業目的的炒作會把孩子引上歧途，過早地出名會令孩子半途夭折，甚至荒廢學業。

十七

徐志摩與張幼儀離婚轉追林徽音不成，又瘋狂地愛上了有夫之婦陸小曼，陸小曼也被浪漫的詩人所傾倒，急匆匆地掙脫了家庭的羈絆，撲向了徐志摩的懷抱。在訂婚儀式上，證婚人梁啟超的致詞語驚四座，使所有參加訂婚儀式的親朋好友大驚失色。

梁啟超說道：「徐志摩，我要問你，你算個什麼人？徐志摩，你這個人性情浮躁，所以在學問方面迄無所成；你這個人用情不專，以至離婚再娶。你不必喊我先生，我做不了你的先生。想一想你這幾年的所作所為吧。在國外讀書沒長進，卻無緣無故拋棄結髮之妻。來到北京，我屢次勸戒你，要致力於學問事業，時至今日，你的學問在哪裏？事業在哪裏？放著正經不幹，去追有夫之婦，弄得別人家破人離。我問你，你做這些事時，心安嗎？你還有沒有羞恥之心？」接著，梁啟超又訓斥陸小曼：「還有你——年紀輕輕，不思上進，享樂奢侈，行為放縱不檢，離婚再嫁。為了你，父母傷心，親朋丟臉。你不顧做人道德，置別人痛苦於不顧，還有何顏面在世上做人？你們不是要我證婚嗎？好，我就送你們一句話：『願你們這次都是最後一次結婚』……」這樣的證婚詞可以說在世上是絕無僅有的，說到了他倆的痛處，羞得陸小曼悄悄離去，徐志摩眼含淚花，撲通跪地說：「都是弟子不肖，惹先生生氣，念弟子生來就是這種性情，望先生饒恕了吧！」梁啟超這才作罷。

梁啟超因為喜歡徐志摩，才這樣痛斥他們。徐志摩娶了陸小曼也就跌入了痛苦的深淵，徐志摩明知陸小曼與翁瑞午有染，但又無證據，還要每月掙夠六百個大洋供陸小曼吸毒揮霍，不得不四處兼課掙錢，否則也不會為了省錢，搭乘免費的郵政飛機，以至喪命。

浪漫成就了徐志摩，也葬送了徐志摩。

十八

有許多作家、學者取得了著作等身的輝煌成就，像老舍、巴金、魯迅等。也有一些作家窮其畢生精力完成一部著作，便名垂千古，成為傳世之作，諸如司馬遷的《史記》、曹雪芹的《紅樓夢》、蒲松齡的《聊齋誌異》、吳承恩的《西遊記》、施耐庵的《水滸》等等。他們雖然只有一本書，但誰能否認他們在文學史上的地位呢？

現在世面上也有一些所謂的「作家」，出了一本本徒載空言、凡庸浮泛，甚至是低級粗俗的「著作」。這些書即使寫一百本、一千本，又怎能抵得上一本具有深厚意蘊的著作呢？只不過是為造紙廠多提供了一些原料而已。外國諺語云：「猴子即使渾身掛滿了勳章，牠仍然是猴子。」

十九

整日忙於編務，無暇顧及周圍環境。猛抬頭，已是四面楚歌。

烈馬嘶嘶，戰刀霍霍，我和我的兄弟帶著戰場廝殺的興奮和快感，走出書齋，躍馬疆場，敵人們卻一個個縮回了烏龜殼。一位文學界前輩說，這些人皆為公敵，無一是你的私敵。他們沒有一個會和你正面交鋒的。

所謂敵人，因著編書，因著辦刊，因著編報。心理不平，便生出歹毒之心，冷槍暗箭，造謠中傷，煽風點火，誣告……用盡了一切卑鄙下流的手段，皆想置我於死地而後快。

敵人的挑釁使我不敢有絲毫懈怠，渾身充滿鬥志。我們辦報、辦刊一是為了從事自己喜歡的事業，二是為了生存。如果有人想剝奪人的生存權利，那麼，這個人的內心何等卑鄙就可想而知了。當然若敵人退縮，我們也不會主動出擊。一個朋友曾寫過一本書，書名曰《成功是最大的報復》，最好的方法是用成功來回報我的敵人。

二十

劉炎生所著《才子梁實秋》一書（一九九六年百花洲文藝版），讀後令人十分不快，如鯁在喉，不吐不快。

傳記與小說、傳奇不同，傳記必須實事求是地反映出傳主的真實面貌。而本書作者劉炎生在寫到梁實秋和魯迅的論爭時卻有失公正。梁實秋說魯迅「一個人，在軍閥政府裏做僉事，在思想界可以做權威，在文學界可以做左翼作家」。這本是不爭的事實，可劉炎生卻說：「梁實秋卻利用它來歪曲魯迅的人格」，用詞極為不妥。又比如「在〈魯迅與牛〉一文中，梁實秋還有兩個居心不良的說法」。這是在為傳主作傳，還是替魯迅討伐梁實秋？作者劉炎生一味地詆毀傳主是出於什麼目的呢？傳記要事實求是，帶著偏見去寫傳記，這樣對傳主公平嗎？

二十一

在新出版的長篇都市情愛小說《無愛紀》的扉頁上，印有女作家小意這樣一段話：「喜歡單眼皮的男人，喜歡面容有些冷淡的男人，喜歡偶爾有點脆弱的男人，喜歡話少的男人，喜歡穿休閒裝的男人……」

該書在南京的首發式上，作者小意赤裸裸地表示把愛情的希望寫到書的扉頁中，希望通過這樣的方式求得真愛。這算什麼呢？是徵婚啟事？還是……說白了，這完全是為了炒作作品和作者自己。作者無名，所謂的美女作家（當然她們並不一定美）用身體寫作、用胸口寫作的各種招式用盡了，於是，再換一種徵婚的方式來吸引媒體的注意。這樣做除了淺薄，還能讓讀者說些什麼？

二十二

二〇〇三年底，為了減輕農民負擔，中央一聲令下，全國五百多家縣級黨報除少數幾家保留外，全部停刊。

在一家私人網站上，一伙人為恢復縣報發起投票活動，極像民國初年，前清遺民螳臂擋車，恢復帝制一樣荒唐可笑。

縣報的創辦對於一個縣的經濟發展、社會進步，會起到一定的積極的作用，但也提供了產生腐敗的溫床。報社的內部人員也這樣評價報紙：一版新聞版領導看；二版綜合版，寫誰誰看；三版副刊，誰寫誰看；四版廣告版，誰花錢誰看。在飛速發展的資訊社會裏，這樣的報紙還有存在的價值嗎？

這樣一份報紙，之所以有人懷念它，是因為很多人從中得到了實惠。有人因著它的宣傳而仕途暢順，得到提升；有人因著它而有了「派」，可以打著它的招牌，到處吃拿卡要，騙財，甚至騙色；有人因著它而成了「角」，便在縣城以「作家」自居；有人因著它而大發其財……這些人正沉醉在「成功」的喜悅之中時，他們所依附的大樹卻在瞬間轟然倒下了，這些一時無所適從的人怎不如喪考妣地痛哭流涕呢？

四川某市一個區委辦了一份內部小報，儘管沒有全國刊號，卻依然靠行政命令，強行攤派、徵訂報紙，並安排工商局、藥檢局等職能部門強拉廣告。區委書記面對央視「焦點訪談」記者的採訪時說，我們區三十萬人，需要有自己的聲音。現在的中國只有一個聲音，那就是中央的聲音。中央有了新的決策，《人民日報》發，省報發，地區報發，縣區報再發，只有浪費森林資源。一個區有什麼自己的聲音？自己的講話自己看，自己的聲音自己聽，只是自慰而已。

「與時俱進」是一個講得太多、太濫的詞彙，但它卻道出一個真理，無論什麼都要隨著時代的發展而進步，否則就要被淘汰出局。當年中國人民用一硝二磺三木炭製造的土地雷，讓日寇聞風喪膽。到了二十一世紀，你還能依靠紅纓槍、大刀片和土地雷來守衛國土嗎？

二十三

《未開的臉與文明的臉》是日本著名的社會人類學家中根千枝寫於上世紀五十年代末的一部社會學著作，一九五三至一九五七年間，她在印度、歐洲、埃及等地考察，獨自一人冒著生命危險到熱帶叢林中未開化的民族部落去搞社會調查，到母系氏族社會調查家庭結構組成。有些地區在二戰期間曾遭受日軍的蹂躪，對日本人恨之入骨，中根千枝一年輕女子所遇到的困難和尷尬可想而知。她深入其中，和他們同吃同住，經常穿越野象、虎豹出沒的叢林，並去了一些「男人都沒有去過的地方」。經過幾年的調查研究，她寫出了《未開的臉與文明的臉》。她在這本書裏描述了在印度、喜馬拉雅南麓等地田野調查的感受和所見所聞，展示了以不同社會、不同民族、不同的歷史地理條件為背景的人類生活圖像，是一部極具學術含量的文化專著。該書作為作者當時考察、生活的記錄，再現了作者對日本、印度、歐洲等幾種不同文化背景的體悟和感嘆。未開化民族的生活狀態和西方工業文明形成了強烈的反差，給人一種震撼力。這本書拋開它的學術性不說，就文本本身而言，是一部文筆優美、文學價值極高的遊記隨筆作品。它適合各個層面的讀者閱讀，因此在日本一版再版，並獲日本每日出版文化獎。

二十四

陳忠實的幾個中篇小說獲獎後，於一九九二年調入陝西省作協搞專業創作。在省城安好家，他卻獨自一人回到了鄉下——下了車還要步行八里路的農村老家。他當過教師、公社黨委副書記、文化館幹部，多年來一直生活在基層，對農村生活瞭若指掌。他回老家並不是為了體驗生活，而是為了讀書，彌補未上大學的缺憾，同時也靜心對人的生存狀態、對生命的體驗，以及對民族民運的思考進行梳理。他靠微薄的工資和稿費收入來維持一家五口的生活，還要供三個孩子上學，生活常常捉襟見肘，就連出版社的編輯來約稿，他也只能做碗手擀麵來招待。

「面壁十年」，陳忠實寫出了震驚中國文壇的長篇小說《白鹿原》，獲得了第四屆茅盾文學獎。與此同時，他當選為陝西省作協主席，作協正常的工作需要他主持，他才搬回了省城作協大院與家人團聚。

一個人獨處十年，是什麼樣的概念？正因為獨處，人才能對生命有深層次的思考，假若屈原、司馬遷仕途暢順，也不會有《離騷》、《史記》問世。有些人害怕獨處，耐不住寂寞，他們不能忍受被遺忘，對世俗的喧聲格外敏感。於是，整日你來我往，交杯換盞，在小報上相互奉承，在網上換著吹噓，一時不見同黨便換個「馬甲」自慰。自以為是作家，自以為這樣活得瀟灑。

柳青生前說過，我最討厭「燒布布味」的作家，陝西話「燒布布味」的意思是指人老是冷靜不下來，一遇到挫折就垂頭喪氣，稍有所得便趾高氣揚，不可一世。一切自我膨脹都是可笑的，甚至是可悲的。試想下去幾年、幾十年，一切的喧囂、熱鬧、光環會消失得無影無蹤，因為你沒有堅硬的內核做支撐。

一位一直在默默地寫作著的文學纖夫曾寫過數則寓言，其中一則寓言的結語是：「對某些人來說當他覺得像人的時候，他越不是人了。」

二十五

灑脫不羈的三毛和比她小八歲的荷西在撒哈拉沙漠演繹了一段浪漫的愛情神話。三毛寫出了《沙漠中的飯店》、《娃娃新娘》、《懸壺濟世》、《沙漠觀浴記》、《芳鄰》等一系列紀實散文，在平鑫濤主編的《聯合報》副刊發表後，清新的文風在臺灣引起了三毛熱。三毛走到哪裏，人們的視線就跟到那裏。三毛相繼出版了《撒哈拉沙漠的故事》、《哭泣的駱駝》、《稻草人手記》、《溫柔的夜》等膾炙人口的作品，一時洛陽紙貴，荷西的死使他們的愛情故事成為永恆的典範。

一九九一年外表瀟脫、內心脆弱的三毛自殺了。她的死再次掀起了三毛熱。臺灣旅行家馬中欣到加納利群島、到撒哈拉沙漠去尋訪三毛足跡，馬中欣的訪問記以「揭開三毛的面紗」為題，以「紀實」、「打假」的姿態向讀者描述了一個脾氣古怪、暴躁、撒謊騙人、缺少愛心、不仁不義的三毛。馬中欣告訴讀者，你們被三毛騙了，那個超凡脫俗、充滿愛心的三毛「是作者一手編撰出來的」。

訪問記使眾多的三毛迷感到痛心失望。其實馬中欣是無聊之舉，三毛作品的成功是不爭的事實，沒有必要把作品中的三毛和生活中的三毛等同起來，只要能打動作者的作品就是好的作品，就是成功的作品，其他都是次要的。馬中欣此舉並非沒有沽名釣譽之嫌。

一個時期以來，挑戰權威、狀告名人，似乎成了當今社會流行的出名捷徑。據報載，那個在媒體上炒得沸沸揚揚的「趙饒案」的主角饒穎也要出書了，書名曰《我和中國第一名嘴趙忠祥的七年戀情》，並說饒穎自己偷錄了他們七年來交往的談話，計有二十餘萬字。暫且不論外表忠厚老實的趙忠祥應當受到如何的譴責和處罰，若真有此事的話，說明饒穎是早有預謀的。如果真心相愛，幹嘛還要偷偷錄音，也就是說，從她和趙忠祥的接觸開始，她就想到為了今天狀告趙忠祥而收集證據了，多麼陰險可怕的女人呀！為了出名而把自己硬貼在名人身上，抖露自己的隱私，連臉都不要了，還說什麼「受害」情節，無恥之極！出版社如果為了蠅頭小利出版這種書，和為婊子立傳無異。

是人不是人都要出書了。真是道德淪喪、世風日下了。

二十六

一本書使朱彥夫名揚天下。

那書是朱彥夫蘸著血和淚寫成的自傳體長篇小說——《極限人生》。

朱彥夫是山東省沂源縣人，一九四七年參加中國人民解放軍。他先後參加過淮海、渡江、解放上海等上百次戰役、戰鬥，三次立功。一九五一年在抗美援朝前線的一次戰鬥中身負重傷，失去了四肢和左眼，右眼的視力也只有零點三。一九五六年，為了減輕國家負擔，他放棄了榮軍休養所的特護待遇，回到了老家沂源縣金星鄉張家泉村。憑著堅定的信心和頑強的意志，勇敢地向人生極限挑戰，不僅學會了生活自理，而且自學文化知識。一九五七年，朱彥夫擔任了村黨支部書記。在此後長達二十五年的時間裏，他以重殘之軀，帶領村民治荒山、修水利、搞副業、建學校，把一個貧窮落後的山村變成了全鄉的先進村。

一九八二年，朱彥夫離休後，就開始琢磨去實現他幾十年魂牽夢縈的夙願。他要把在戰場上血與火的經歷寫出來。他忘不了在朝鮮阻擊戰陣地上，身負重傷的指導員在彌留之際叮囑他的話：「一個連的消亡在戰爭史上算不上什麼。可要想法把這裏的壯舉……照實紀錄成文，傳給今人，傳給後代，很有意義……」

他開始寫作了，沒有雙手他就用嘴銜筆寫，頭一拱一拱的，半天才寫出一個字來，寫出的字有時描很多次才能認識，寫著寫著，口水就順著筆桿流了下來，把寫好的字都洇得模糊不清。這樣寫了一會兒就頭暈目漲。後來他又改用兩隻殘臂抱著去寫，用力小了，夾不住筆，用力大了，殘臂斷面神經疼痛……一開始一天寫十幾個字，後來增加到上百個字。

查字典在常人看來是最平常不過的事，但對朱彥夫來說是非常艱難的，翻閱字典是用舌頭一頁一頁地去舔，往往為了查一個字要花費一小時。

朱彥夫說，自己寫的書若不能出版，就作為家史和資料留下來，讓子孫後代知道，在世界上、在人類歷史上，還有這樣一群用特殊材料製成的人，還有這樣一種崇高偉大的、生命不息、戰鬥不止的奮鬥精神。

一九九六年春天，朱彥夫蘸著汗、蘸著血、蘸著情，歷時七年，七易其稿，用了幾百斤的稿紙，長達三十三萬字的長篇自傳體小說《極限人生》由黃河出版社出版發行了。中央軍委副主席遲浩田題寫了書名。

二〇〇一年夏天，我專程拜訪了朱彥夫，客廳裏懸掛著遲浩田為他書寫的「鐵骨揚正氣，熱血寫春秋」一條幅。

朱彥夫這個名字隨著《極限人生》的不斷再版，走向了全國，走向了世界……

二十七

清朝藏書家筠圃，在京師琉璃廠見到一心愛之書，欲以常值購買，不成，加倍付值，仍不成，再加倍，還是不成。於是拂衣登車，悵然離去。當晚，他夜不能寐，思來想去還是割捨不下。次日一大早，便遣人去以三倍價購回了該書，活脫顯現出收藏家的癡迷心態。

無獨有偶，創造了「收藏毛澤東著作版本之最」基尼斯記錄的收藏家柏欽水，從報紙上了解到河北保定有人轉讓一套解放前出版的《毛澤東選集》時，馬上趕到河北，那人出價四千元，因帶錢不夠，還價未果。柏欽水帶著遺憾回到山東，車到濟南時，柏欽水不死心，掉轉車頭，再次趕到保定，那人被他這種癡迷所感動，遂以兩千元的低價轉讓給他。

二十八

藏書家大都有在收藏的圖書上題跋的習慣，題跋的內容包括版本的考證、淘書的經過、閱讀後的感悟、不同的觀點等等。過去的線裝書天地空白處較多，便於讀者題跋，現在有些出版社為了方便讀者題跋，在書頁中也故意留出較多的空白。孫犁先生愛書如命，不忍心在書頁上題跋，買回書後，便用紙把書包好，把題跋寫在包書的紙上，人們稱孫犁的題跋為「書衣文」。孫犁先生的題跋內容寬泛，有時還有一些與書毫不相干的文字，這些文字後來結集為《書衣文錄》出版發行，受到了藏書家和愛書者的歡迎。

我收藏的舊書中，也有不少讀者寫有感言片語。在前不久從舊書攤上購買的一本由時代文藝出版社出版的《錢鍾書作品精選》的扉頁上，寫有一段有趣的文字：「半年沒聯繫了，最近過得如何？生日快到了，送本書給你。生日快樂！（如果你還有良心的話，快和我聯繫！）鄒慧。」從清秀的筆跡和名字上看，送書者是位女士，而且和接受贈書者的關係極不一般。贈書者沒有寫對方的名字，從內容上看也不是兩個女孩子之間的遊戲，而是贈給一位男士的。可以想像得出，在此之前兩人曾發生過一段故事。贈品是書而不是其他俗物，也說明兩人都是愛書的人。可讓人不明白的是，這種值得珍藏一生的禮物，為什麼會捨得賣給舊書商呢？如果這位受贈者不是腦子有病的話，那麼他的「良心」真是大大的壞了。對於鄒慧來說，這也是好事，如果選這種人作為朋友或者是伴侶，真是天大的不幸了。能出賣友情的人，還有什麼不會出賣呢？

二十九

書籍裝幀藝術家張守義用自畫像拼成「酒仙」二字，韓羽為之題款曰：「酒仙，守義。瓶不離手，杯不離口。自詡酒仙，點癮無有。葉公之龍，張兄之酒。」張守義所好之酒是啤酒，對白酒是一點不沾的，即使外出開會，也總是帶著啤酒。

他還有一個習慣，無論在哪裏喝酒，都要從酒瓶上揭下一張商標來帶回家，此為酒標，收藏家是按品種收藏酒標，而他卻從不計較是何種酒標，令人大惑不解。原來他是用酒標的背面記下當天的活動情況，與誰共飲、所議何事等等，長此以往，集標成冊，一年可得數冊。元末明初的陶宗儀，摘葉著述，貯於罐中，如是十年，編成三十卷《南村輟耕錄》一書行世。守義是否效法宗儀，再著一部《酒仙酒標錄》呢？吾拭目以待。

三十

近讀閒書，發現當年魯迅和葉靈鳳的一場筆戰。魯迅在《上海文藝之一瞥》中說：「在現在，新的流氓畫家出現了葉靈鳳先生，葉先生的畫是從英國的畢亞茲萊剝來的，畢亞茲萊是『為藝術的藝術』派，他的畫極受日本的『浮世繪』的影響。」（《魯迅全集》第四卷二百三十頁）

葉靈鳳在他寫的《窮愁的自傳》（刊於《現代小說》第三卷第四冊）中說：「起身後，我便將十二枚銅元從舊貨攤上買來一冊《吶喊》，撕下三頁到露臺上去大便。」

魯迅馬上反擊：「還有最徹底的革命文學家葉靈鳳先生，他描寫革命家，徹底到每次上茅廁時候都用我的《吶喊》去擦屁股，現在卻竟會莫名其妙地跟在所謂民族主義文學家屁股後面了。」（《魯迅全集》第四卷第二百二十五頁）兩位人們心目中的大師，在民族存亡的緊要關頭，卻在為了個人恩怨，斤斤計較，針鋒相對地相互攻訐，有失大家風範。

三十一

《開卷》執行主編董寧文兄的《開卷閒話續編》出版後，給我寄來了一冊毛邊本。該書輯錄了《開卷》雜誌兩年「開有益齋閒話」的內容，皆為書人書事及文壇動態，是一部有史料價值的書。

文壇大家鍾叔河先生的序，只有五百餘字，讀來頗為有趣。鍾叔河說自己喜歡讀《開卷》中的「閒話」和范笑我編的《秀州書局簡訊》。序末，鍾先生說：「《秀州書局簡訊》比《閒話》瑣屑，這短處也是一種長處。如記英國文學老專家臨終念念『莎士比亞……』，在場一同志出病室後卻詫異得很：『老先生怎麼到這時還問『啥是屄呀』？』豈非新《世說》的好材料。《笑我販書》出續集時，千祈留下此則，當可與敝處『雷鋒（峰）塔怎能倒掉重修』競爽矣。」

大家就是大家，真是一篇別致的序文。一些平時忌諱的詞語，用起來是那樣的自然。一些人就是那麼虛偽，滿口的仁義道德，一肚子男盜女娼。一面擺出一副道學家的面孔，斥性為「淫邪」，一面又去偷情、嫖妓，是人類歷史上最突出的虛偽表現了。寫書作文，明明字典上有這個字，卻偏偏不去寫，用×代替，而中國人似乎都默認了這個×是可以代替男女生殖器的，不知道中國的作品翻譯到外國時，是否還用那個×來代替。

在古代，生殖器，特別是男性生殖器，不僅被尊為神聖，而且被看成是陽氣充沛、孔武有力的象徵。在臺灣中部的排灣族供奉著一個用巨石雕刻的一人多高的「屌神」，經常有人對「屌神」頂禮膜拜。現在，好多廣場上巨大的石柱，實際上就是男根的崇拜物。

在雲南大理劍川縣有個劍川石窟，其中的佛像石刻栩栩如生，距今一千一百餘年。在第八窟，有個一米高的女陰石雕，和許多佛像並列在一起，人們稱之「白乃」，意思是嬰兒出生處，即女陰，把女陰和佛像供奉在一起，是由於人們也把女陰看得很神聖。

對那兩個詞，不要太神祕，也不要看得太神聖。那就是兩個普普通通的詞彙，和人體的其他器官是一樣的。作家楊爭光在長篇小說《從兩個蛋開始》中反覆用過多次，效果很好，也沒有人提出異議。

三十二

我在《泰山週刊・泰山書院》五十期、五十一期連著兩期用了兩個整版的篇幅，配著十幾幅圖片和書影編發了龔明德老師撰寫的〈累遭誤解的《玉君》〉一文。

龔老師考證了上世紀二十年代山東作家楊振聲的作品《玉君》的出版經過，反駁了社會上對《玉君》的一些不公正的評價。龔老師寫完文章後在電話裏告訴我說，我把魯迅也給說了。文章的開頭寫道：「五萬字的小說《玉君》，是楊振聲的代表作，幾乎所有中國新文學通史和論及那個時段文學或小說的文字，都要談到這部作品。然而，別的不說，單說魯迅的〈《中國新文學大系》小說二集序〉以及唐弢的〈玉君〉和〈再記《玉君》〉，都有諸多方面的不切實際的釋說，使得《玉君》的本來面貌及其相關情況弄得越來越讓嚴謹的讀者不忍看下去。本文試著一一為《玉君》拂去人為的塵垢，不棄瑣細，分題述之。」

魯迅在〈《中國新文學大系》小說二集序〉中說：「楊振聲……將《玉君》創造出來了，然而這是一定的：不過一個傀儡，她的降生也就是死亡。」

魯迅之所以一味地詆毀《玉君》，龔明德查閱了大量的資料，在魯迅一九二九年七月二十一日夜給章廷謙的信中一段話中找到了答案：「魯迅說：『青島大學已開。文科主任楊振聲，此君近來似已聯絡周啟明之流矣。……陳源亦已往青島大學，還有趙景深、沈從文、易家鉞之流云。

因人事糾紛導致了對具體作品的誤解，魯迅之於《玉君》，又是一例。魯迅說的《玉君》這作品『她的降生也就是死亡』，也是對『周啟明之流』的怒氣尚未消完時說的過頭話，不能視為對《玉君》的科學論評。因為，從始至終，魯迅就沒有實際評說過《玉君》作品本身的具體優劣。」

「朱自清在《中國新文學研究綱要》中冷靜地分析《玉君》，說該作品有『《紅樓夢》的影響』，優長之處在『精神的戀愛』、『道學與義俠的精神』、『清淡而有詩意的描寫』和『弗洛依特學說的應用』，不足之處是『玉君的性格不分明』、『無深刻的心理描寫』以及有一些『無甚關係的插話』。」

面對這樣一部作品，魯迅意氣用事地說《玉君》的「降生」就是「死亡」，確實令人費解。

三十三

一書友來訪，帶給我一本駱賓基的《初春集》。他說《初春集》裏有幾篇寫蕭紅的文章，都提到和蕭紅同居後又拋棄了她的T君，有時還稱之為「手持小竹棍的人」，但不知這人是誰。我找出了原來買的還沒來得及讀的《蕭紅傳》，探究那個「手持小竹棍的人」到底是誰。

《蕭紅傳》（蕭鳳著，一九八〇年十二月百花文藝版），因該書薄薄的一冊，幾個小時就已讀完。時東田所說和蕭紅在一起的T君之謎解開了，T君就是端木蕻良，蕭紅結束了和蕭軍的六年同居生活後，就和端木蕻良一起到了武漢，生活在一起了。駱賓基在文章裏為什麼不提他的名字，而寫為T君，肯定是與端木蕻良有過節。在羅蓀的〈懷蕭紅〉一文中也是寫T君。這說明端木蕻良在與蕭紅的生活中也有不光彩的一面。而在駱賓基的文章中把T君稱之為「手持小竹棍的人」，不知是何緣故？而這部《蕭紅傳》寫得粗糙，一些細節都沒有。「手持小竹棍的人」還是一個謎。

通讀了《蕭蕭落紅情依依——蕭紅的情與愛》（丁言昭著，一九五三年三月四川文藝版），終於解開了「小竹棍」之謎。「小竹棍」是蕭紅在杭州買的，蕭紅曾當著幾個人的面說，誰找到了她藏的「小竹棍」就嫁給誰，後來蕭紅悄悄地把藏「小竹棍」的地方告訴了端木蕻良。

讀了兩本關於蕭紅的書，對蕭紅有了比較細緻的了解。蕭紅小女子氣十足，為了逃避家庭為她包辦的婚姻而出走，卻在北京與她逃避的男人同居，懷孕後被拋棄。與蕭軍一見鍾情，馬上就與之同居。蕭軍開玩笑地說她的散文寫得不好，她都氣得大哭。因端木蕻良誇獎她，而對端木蕻良心存感激。聶紺弩在〈回憶我和蕭紅的一次談話〉裏寫道，在談道蕭紅作品的優點時，蕭紅說：「這聽得真舒服」、「你真說得動聽」，但分析到蕭紅作品的缺陷時，「她掩著耳朵說：『我不聽了。聽得暈頭轉向的。』一面說一面就跑了」。

在武漢時，蕭紅和蕭軍在朋友家借住，端木蕻良也住了進去，這時又來了一個女生，兩間屋裏三男兩女，按常理男女各居一室，蕭紅卻把端木蕻良的被褥抱到自己床上，與他們夫妻同住一床。後來和同居了六年的蕭軍分手，和端木蕻良結婚後，又時時在想念蕭軍。

武漢在遭到日軍轟炸時，端木蕻良把蕭紅丟在武漢，選擇了一人逃亡。和這樣一個沒有責任感的丈夫生活在一起，會有什麼幸福可言呢？生活的隨意性，導致她的感情的痛苦。她的性格注定了她的命運。難怪駱賓基在文章中不願提起端木蕻良的名字，而用T君代替，連他的名字也不願提起，那是一種心理上的厭惡。

三十四

有關藏書票的書，秋緣齋藏有兩本，一是李允經的《中國藏書票史話》（二〇〇〇年六月湖南美術版），由孔夫子舊書網郵購。另一本是賈俊學的《衣帶書香——藏書票與版權票收藏》（二〇〇四年五月浙江大學版），由作者在第三屆全國讀書報刊研討會上贈送。

藏書票發源於歐洲，最早的一枚藏書票是畫著一個刺蝟的木刻版畫，德國人製作，製作年份約在一四五〇至一四七〇年。在中國最早發現的一枚藏書票是一九一三年關祖章使用的，而關祖章也是從美國留學時開始使用。二十世紀初，郁達夫、魯迅、葉靈鳳等都使用藏書票。

中國使用藏書票遠遠落後於外國，也許是書籍用紙的原因，中國的線裝書紙質柔潤，更適合印章，因此中國人習慣在書上蓋藏書章，古往今來，幾乎讀書人都有自己的藏書章。而外國的書籍紙厚，適合貼藏書票。到了二十世紀，中國的書籍已不再使用線裝本，就便於貼藏書票，但藏書票一般是用木刻版畫，每枚只印幾十枚即毀版，會做木刻的人畢竟是少數，製作一枚藏書票費很大的精力，這也是藏書票不能在中國流行的原因之一。使用藏書票是藏書家愛書情結的一種體現，藏書票的製作和使用過程充滿情趣，也是一種享受。而現在有些單位和個人印製的公用藏書票，用機器印刷，開機上萬印，如果藏書票千孔一面就沒有價值，也失去了藏書票的意義了。藏書票是用宣紙手工印製，貼在書的扉頁上，而有些是用較硬的紙印製而成，實際成了書籤，也不能叫藏書票了。

三十五

夜讀姜威《一枕書聲》，述及文革焚書一事，令人髮指。北師大教授劉盼遂，著述頗豐（秋緣齋藏有其主編的《中國歷代散文選》）。文革期間，紅衛兵闖入劉教授家中，把他的萬餘冊藏書搜出，堆於院中，形同小山，點火焚之。老教授如老母雞護雛般撲上書山，不肯起來，紅衛兵掄起皮帶、木棒，雨點般地落在七十高齡的教授身上，片刻間劉教授與書共亡。劉夫人買菜回來。見狀，徑直進屋一頭扎進水缸……

劉教授的萬餘冊書寫滿了批注，那是一位學者畢生心血所凝聚的鮮活生命，書沒了，教授何以獨活於世，遂與書歸，人書合一，共同涅槃，何等壯烈。

三十六

香港作家董橋，行文語言風格獨具，即使一些嚴肅的話題，他也能用猥語來表達。談到翻譯作品，他說：「好的翻譯是男歡女愛，如魚得水，一拍即合」，而「壞的翻譯是同床異夢，人家無動於衷，自己欲罷不能，最後只好『進行強姦』，硬來硬要，亂射一通。」；他說：「參考書好比妻子，常伴身邊，卻一輩子都未必翻得爛；詩詞小說是迷死人的豔遇，事後追憶起來，總是甜蜜的；學術著作則是半老徐娘，非打起十二分的精神不可；政治、時評、雜文不外是青樓女子，親熱一下就完了。」；談到中年，說：「中年是危險的年齡；不是腦子太忙，精子太閒，就是精子太忙，腦子太閒……有一天，精囊裏一陣滾熱，千萬隻精子爭先恐後往閘口奔去，突然間，搶在前頭的那隻精壯精子轉身往回跑，大家莫名其妙地問他幹嘛不搶著去投胎？那隻精壯精子喘著氣說：『搶個屁？他在自瀆！』」

三十七

作家伍立楊齋名「浮漚堂」，讀劉江濱的《書窗書影》（一九九八年十月大象版）乃知，「浮漚」一詞典出蘇軾〈龜山辨才師〉一詩：「羨師遊戲浮漚間，笑我榮枯彈指內。」本意是指水面上的小泡沫，旋生旋滅，喻人生無常耳。立楊兄在其〈書房散墨〉一文中云：「是日已過，命亦隨滅；如魚少水，斯有何樂？是曰浮漚而已。」

立楊兄放棄燈紅酒綠、市聲喧鬧的京華生活，攜八千藏書飛抵海南，把「浮漚堂」遷至「天涯海角」，澹泊名利，著書立說，與世無爭，何等灑脫。

三十八

在北京，一老作家送給我一冊他新出的詩集簽名本，看到版權頁上的印數兩千冊。從一知情人口中得知，該書竟屬自費出版，花了兩萬元，印數不足千冊，當然錢不是老作家自己掏的腰包，而是他為一位愛好文學的企業家的新書寫了一篇序文，這位企業家便贊助老作家出版了詩集。聽後不禁愕然。

無獨有偶，上海韋泱兄給我寄來一冊《羅洪散文》簽名本。羅洪，一九一〇年生，上海人，現代著名作家，原《收獲》編輯。收錄了〈初識巴金〉、〈悼王魯彥〉、〈懷念蕭珊〉、〈艱苦的日子〉、〈沉痛的回憶〉等散文六十二篇，有三十年代的舊作，也有近年的新作。印數一千零五十冊，該書屬新紀元文叢第四輯，總定價一百二十八元（本冊定價十二元），封底有「封面設計：卜一」字樣，由此可以判斷這是一部自費出版的書。出版社的書很少有印數千冊的，且書內有一些很明顯的錯誤。卜一是山東魚臺縣一家文化公司的老板，在一些雜誌上常年做廣告為人出書。

而二〇〇三年五月解放軍版的《徐洪剛散文集》，初版印數五千冊。徐洪剛的文字水平自然無法與老作家相比，但該書絕對不是自費出版，而且還會拿到可觀的稿酬。羅老在解放前就出版了《腐鼠集》、《兒童節》、《這時代》等十幾部短篇小說集，解放後擔任《文藝月報》、《收獲》編輯。當了一輩子作家，到頭來還要自費出書，而一社會名人，出版社卻爭搶著為之出書，更有甚者，一些十幾歲的毛孩子出書，一開機就是幾十萬。這難道不是出版界的悲哀嗎？中國出版界到底怎麼了？

三十九

吉林書話作家葛曉強寄來〈文人的命運〉一文，文中引用了周海嬰先生在其所著《魯迅與我七十年》一書中的一件令人感慨的事：「一九五七年，毛主席曾前往上海小住，依照慣例請幾位老鄉聊聊。據說有周谷城等人，羅稷南先生（受聘於上海華東師範大學任教）也是湖南老友，參加了座談。大家都知道此時正值『反右』，談話的內容必然涉及到對文化人士在運動中處境的估計。羅稷南老先生抽個空隙，向毛主席提出了一個大膽的設想疑問：要是今天魯迅還活著，他可能會怎樣？這是一個懸浮在半空中的大膽的假設，具有潛在的威脅性。其他文化界朋友若有同感，絕不敢如此冒昧，羅先生卻直率地講了出來。不料毛主席對此卻十分認真，沉思了片刻，回答：『以我的估計，（魯迅）要麼是關在牢裏還是要寫，要麼他識大體不做聲。』一個近乎懸念的詢問，得到的竟是如此嚴峻的回答。羅稷南先生頓時驚出一身冷汗，不敢再做聲。」當時，我沒讀過《魯迅與我七十年》一書，不知引文是否正確，就把稿子暫存一邊，沒有發表。為此，我四處設法購買該書，一直沒能如願。

一日，收到周海嬰先生發來的電子郵件：「阿瀅先生：前幾日收到你寄來的《泰山週刊》。謝謝！特此以E-mail簡覆。順祝秋祺！周海嬰於寓。」我馬上回覆郵件，說我四處尋覓《魯迅與我七十年》一書未果，先生能否代購？先生很快回答：「阿瀅先生：今晨已用印刷品掛號把書寄去。是名片上地址，不日可達。此書，早已斷售，和出版社關係已經斷絕。今寄奉稍舊的一冊，希諒。此書贈給你，請勿談『代購』之事。草草簡覆，順祝秋祺！周海嬰於寓。」

《魯迅與我七十年》，周海嬰著，二〇〇一年九月由南海出版公司出版。書中附有大量的珍貴圖片，作者以樸實的筆觸，詳實地記錄了父親魯迅、母親許廣平的工作生活及親友交往的情況。許廣平在解放後曾出版過回憶錄，但當時的社會環境不能允許她把什麼都講出來，有些事情不得不避開不寫。而這部回憶錄寫於九十年代末期，真實性強。王元化在序中說：「書中有不少地方顯示了海嬰敢講實話的勇氣，不為尊者諱，也不為親者諱，把很多事情都寫了出來。」在書末的〈再說幾句〉裏我讀到了葛曉強引述的那段話。

毛主席說的是實話，魯迅如果活到現在，他的遭遇不可想像。讀了那段話，不由得讓人陷入沉思。

四十

蕭乾在一九四七年五月五日的上海《大公報》上發表了一篇題為「中國文藝往哪裏走？」的社評。文章寫道：「近來文壇上彼此稱公稱老，已染上腐化風氣，而人在中年，便大張壽筵，尤令人感到暮氣。」在當時，郭沫若被稱為郭老，茅盾被稱為茅公。年甫五十的「郭老」大發雷霆，郭沫若在香港《大眾文藝叢刊》上發表了批判蕭乾等人的〈斥反動文藝〉一文，文中寫道人分三六九等，作家也有五顏六色：沈從文是桃紅色，「作文字上的裸體畫，甚至寫文字上的春宮」；朱光潛是藍色，「人們在這一色下還應該想到著名的藍衣社之藍，國民黨的黨旗也是藍色的」；蕭乾是「黑色」，最反動，「這位『貴族』站在集御用之大成的《大公報》大反動堡壘裏盡量發散其幽緲、微妙的毒素，而各色的御用文人如桃紅小生、藍衣警察、黃幫史弟、白面嘍囉互通聲息，從槍眼裏發生各色各樣的烏煙瘴氣」。他號召讀者不去讀他們的作品。後又多次撰文斥罵蕭乾。

郭沫若的批判文章及其影響，致使解放後，這位二戰期間活躍於歐洲戰場，向國內發回大量特寫，向國內讀者報導歐洲最新戰況的戰地記者戴上了右派帽子，他的作品也在歷史的暗角裏沉寂了近三十年。

【原載《揚州文學》、《隴南文學》、《深圳晚報》、《城市晚報》、美國《僑報》等】

自牧跋

在我的文友圈子中，有些人簡直可以說就是為書而生，為書而活，如北京的姜德明先生，如成都的龔明德先生，如上海的陳子善先生，再如南京的徐雁，蘇州的王稼句，山西的楊棟和泰山腳下的阿瀅，他們時常為書而喜，為書而悲，為書而奔走於大江南北，為書而穿梭於大街小巷，他們不但是真正的書愛家、讀書客，而且也是各具特色的書話作家和藏書家。

近幾年來，分布在全國各地的一片片馥郁撲鼻的書林書苑不斷地在增枝長葉，雖不能說已成為了一望無際的豐茂森林，但至少可以說已形成了幾十道，甚至上百道散逸著不同書香的書林風景線，如《開卷》、《書友》、《日記雜誌》；如《博古》、《書人》、《芳草地》；如《清泉》、《書簡》、《泰山週刊》，以及新露顏面的《龍刊》、《楚風》、《金鐘》、《稻香湖》……每道書林風景線都吸引了一大批讀書人，而這些讀書報刊上的文章，也大都精巧短粹，用北京藏書家韓三洲先生的話說：「所選用的盡是充滿著平民之氣的文章，說得都是實話、真話，還有不少是名家的肺腑之言，讀起來讓人賞心悅目。」在這一系列讀書報刊中，《泰山週刊》無疑是風格別具的，尤其是由阿瀅親自主持的「泰山書院」專版，更是佳作聯翩，期期出彩，流沙河、龔明德、止庵、徐雁、王稼句、董寧文、楊棟、徐明祥等名家的文章，亦不時助陣增威，使之成為了一個由愛書人自己搭建起來的雅聚場所和交流平臺。

作家、藏書家葉靈鳳先生曾說過：「藏書家不難得，難得的是藏而能讀。藏書而又能讀書，則自然將心愛的書當作自己的性命，甚至重視得超過自己的性命。」葉氏的這段話，似乎是專門為阿瀅先生寫的，因為阿瀅兄不但淘書、藏書，而且讀書、寫書。他即將付梓的散文隨筆集《尋找精神家園》中，三輯文字涉及的內容幾乎全是書人書事及感識外延。「人生履痕」，敘寫遊歷深感啟悟，品味素描書人風姿，筆簡意遠，遊刃有餘；「秋聲夜話」，品物探由兼及考溯，別識瑣話抒其胸臆，數典列祖，不囿舊矩；「書香人生」，淘書讀書咂摸異香，編書、寫書自得其樂，用心專一，深得意趣。實話實說，認識阿瀅君才半年一載，但來往卻是三天兩頭，所緣由頭，皆為書也。天津王學仲先生曾為我畫過一幅《山澗讀書圖》，引題清代詩人王蘋詩句曰：「亂泉聲裏誰通屐，黃葉林間自著書。」這似乎也是對讀書人阿瀅的一種寫照。但願我們眼中乃書迷、書癡、書奴、書癲的阿瀅兄的秋緣齋裏書事常新，並衲成衣，最終成為一部書香繚繞、書脈豐潤、書知博廣、書識妙深的書林巨枝。

我在十月二十六日的日記中寫道：「四時，選覽阿瀅寄來的散文隨筆《尋找精神家園》的部分書稿，為撰寫跋文尋找感覺和切入之徑。阿瀅的精神家園乃書林書齋，抓住這兩點，便可發而為文也。」不管我的這種感覺準確與否，但至少我是用心品味欣賞了一番的，並且得到了不少的教益。

是為跋。

二〇〇五月十月二十八日下午六時寫訖

次日早晨改定於山東省委·淡廬，時霜降前一日，秋意闌珊，心平氣和也。

後記

《尋找精神家園》大陸版付梓時，我正主持一家晚報類報紙的編務，副刊辦得紅紅火火，許多著名作家、文壇耆宿亦紛紛撰稿支持、開設專欄。一時間我所編的副刊在全國讀書界也有了一定的知名度，副刊刊發的文章被許多文摘類報刊轉載。文人辦報，不善經營，在考慮報社創收之餘，還要處理報社內外時常出現的一些不和諧「音符」，工作忙碌、瑣碎可想而知，為了報社的生存，近乎疲於奔命。但值得欣慰的是，結識了許多文朋詩友，並促成了《尋找精神家園》的問世。

我在大陸版《尋找精神家園》後記中曾寫道：「我把近幾年寫的文字一分為二，一本是書話集《阿瀅書話》（書話集尚待字閨中）。另一本就是這本散文隨筆集《尋找精神家園》……」如今，受臺灣出版家蔡登山先生青睞，拙著《阿瀅書話》經過增補後，更名《九月書窗》，亦在臺灣出版問世。蔡先生將拙著介紹給臺灣讀者，實乃瀅之大幸！

己丑夏日，族兄安敏邀我主持續修族譜，我素喜家譜收藏，數年前便萌發續修族譜之想。郭氏家族人丁興旺，播遷各地，續修族譜工作量浩大，但從中卻能不時獲取一些意想不到的快樂。在續修過程中發現了失迷已久的七卷《新邑郭氏族譜》，該譜續修於民國二十八年，由余之曾祖父主持續修。根據族譜所載資料，發現《尋找精神家園》一書中兩篇文章〈那泉・那村・那人〉和〈《新邑羊流郭氏支譜》序〉有失誤之處。二文均與我的老家郭家泉有關，作文時，由於資料所限，〈那泉・那村・那人〉中這樣寫道：「祖諱名香，字古泉。生六子，曰思舜、思禹、思湯、思文、思齊、思魯。名字取得都非常大氣，說明郭氏祖上是讀書之人，可不知為什麼一直沒有出過一個秀才，只有兩個皇上御賜欽封的正九品頂戴的鄉紳。」而譜中載余之太祖為恩貢生，由於「文革」的破壞，許多資料丟失，連一生從事教育工作的父母亦不知自己祖上有過功名。今刪掉了「可不知為什麼一直沒有出過一個秀才，只有兩個皇上御賜欽封的正九品頂戴的鄉紳」這句話。一直傳說本族係明初由山西洪洞縣遷居於此，由於沒有找到文字記載，便以訛傳訛，通過此次續譜調查，發現本族係由河北棗強移民至此。對〈《新邑羊流郭氏支譜》序〉中「三世祖諱名香者，自山西洪洞縣移民至新邑」亦做了修改。書中的其他文章除了修正個別錯字外，均保持原貌。

《尋找精神家園》大陸版問世後，師友們撰寫評論推介文章數十篇發表於各地報刊，山東泰山學院田承良教授和廣西賀州學院的宋俊娟女士分別撰寫了〈阿瀅的書香人生〉和〈生命的

追尋 精神的駐守〉長篇論文發表在《泰山學院學報》和《賀州學院學報》上，產生了很大的影響。現在已有熱心的朋友把各地師友撰寫的評論文章集為《書香阿瀅》一書，準備在合適的時候付梓刊行。希望臺灣的朋友，也不吝賜教，阿瀅同樣將珍視之。

感謝臺灣出版家蔡登山先生、責任編輯詹靚秋女士為本書的出版所做的努力；感謝現代文學研究專家陳子善教授為本書作序；感謝書話家自牧撰寫跋文；感謝我的妻子崔美菊女士的鼎力支持。秋緣齋裏十二個及至房頂的大書架佔據了客廳裏的幾面牆，而且源源不斷地湧進秋緣齋的圖書逐步蠶食著有限的空間，妻子從未表示過不滿，沒有她的支持，也不可能有這部書的問世；還要感謝各地師友多年來對我的關注、支持和鼓勵。

我愛書，也愛你們！

二〇〇九年十月二十八日晨於秋緣齋

國家圖書館出版品預行編目

尋找精神家園：一個書蠹與書的對話 / 阿瀅著
. -- 一版. -- 臺北市：秀威資訊科技, 2010.01
面； 公分. -- (語言文學類；PG0326)

BOD版
ISBN 978-986-221-372-8(平裝)

855 98023495

語言文學類 PG0326

尋找精神家園——一個書蠹與書的對話

作 者 / 阿 瀅
主 編 / 蔡登山
發 行 人 / 宋政坤
執 行 編 輯 / 詹靚秋
圖 文 排 版 / 郭靖汶
封 面 設 計 / 蕭玉蘋
數 位 轉 譯 / 徐真玉 沈裕閔
圖 書 銷 售 / 林怡君
法 律 顧 問 / 毛國樑 律師
出 版 印 製 / 秀威資訊科技股份有限公司
台北市內湖區瑞光路583巷25號1樓
電話：02-2657-9211 傳真：02-2657-9106
E-mail：service@showwe.com.tw
經 銷 商 / 紅螞蟻圖書有限公司
台北市內湖區舊宗路二段121巷28、32號4樓
電話：02-2795-3656 傳真：02-2795-4100
http://www.e-redant.com

2009 年 1月 BOD 一版
定價： 340 元

讀　者　回　函　卡

感謝您購買本書，為提升服務品質，煩請填寫以下問卷，收到您的寶貴意見後，我們會仔細收藏記錄並回贈紀念品，謝謝！

1.您購買的書名：______________________________

2.您從何得知本書的消息？

□網路書店　□部落格　□資料庫搜尋　□書訊　□電子報　□書店

□平面媒體　□ 朋友推薦　□網站推薦　□其他__________

3.您對本書的評價：(請填代號　1.非常滿意 2.滿意 3.尚可 4.再改進)

封面設計____　版面編排____　內容____　文/譯筆____　價格____

4.讀完書後您覺得：

□很有收穫　□有收穫　□收穫不多　□沒收穫

5.您會推薦本書給朋友嗎？

□會　□不會，為什麼？______________________________

6.其他寶貴的意見：______________________________

____

____

____

讀者基本資料

姓名：____________________　年齡：______　性別：□女 □男

聯絡電話：________________　E-mail：____________________

地址：______________________________

學歷：□高中(含)以下　□高中　□專科學校　□大學

□研究所(含)以上　□其他______________

職業：□製造業 □金融業 □資訊業 □軍警 □傳播業 □自由業

□服務業 □公務員 □教職　□學生 □其他__________

請貼
郵票

To：114

台北市內湖區瑞光路 583 巷 25 號 1 樓

秀威資訊科技股份有限公司　　收

寄件人姓名：

寄件人地址：□□□

(請沿線對摺寄回,謝謝!)

秀威與 BOD

BOD（Books On Demand）是數位出版的大趨勢，秀威資訊率先運用 POD 數位印刷設備來生產書籍，並提供作者全程數位出版服務，致使書籍產銷零庫存，知識傳承不絕版，目前已開闢以下書系：

一、BOD 學術著作—專業論述的閱讀延伸
二、BOD 個人著作—分享生命的心路歷程
三、BOD 旅遊著作—個人深度旅遊文學創作
四、BOD 大陸學者—大陸專業學者學術出版
五、POD 獨家經銷—數位產製的代發行書籍

BOD 秀威網路書店：www.showwe.com.tw
政府出版品網路書店：www.*gov*books.com.tw

永不絕版的故事・自己寫・永不休止的音符・自己唱